麦田阳光

美丽乡村助读书系

乡村助读，让中国的乡村
从风景到精神愈加美丽。

麦田阳光

美 丽 乡 村 助 读 书 系

乡村助读，让中国的乡村
从风景到精神愈加美丽。

爸爸的故事

BABA DE GUSHI

高洪波 顾问　陈彦玲 主编

刘玉栋 著

山西出版传媒集团　山西教育出版社

图书在版编目（CIP）数据

爸爸的故事 / 刘玉栋著. — 太原 ：山西教育出版社，2023.8

ISBN 978-7-5703-3552-7

Ⅰ. ①爸… Ⅱ. ①刘… Ⅲ. ①散文集—中国—当代 Ⅳ. ①I267

中国国家版本馆 CIP 数据核字（2023）第 156776 号

爸爸的故事

BABA DE GUSHI

选题策划 李梦燕
责任编辑 李梦燕
复　　审 海晓丽
终　　审 康　健
装帧设计 王春声　薛　菲
印装监制 蔡　洁

出版发行 山西出版传媒集团 · 山西教育出版社
（太原市水西门街馒头巷 7 号　电话：0351-4729801　邮编：030002）
印　　装 山西基因包装印刷科技股份有限公司

开　　本 890 mm×1240 mm　1/32
印　　张 5. 25
字　　数 84 千字
版　　次 2023 年 8 月第 1 版　2023 年 8 月山西第 1 次印刷
书　　号 ISBN 978-7-5703-3552-7
定　　价 32. 00 元

根植乡野，眺望远方（代序）

李东华

把“美丽乡村助读书系”做成精品，为新时代新乡村新少年的成长助力，这个美好心愿，把出版者、策划人、作家、编辑聚集在一起，大家郑重其事地播下种子，然后怀着庄重而又快乐的心情，等待所有努力慢慢发芽。

我曾经有幸数次参加“我的书屋我的梦”乡村少年儿童阅读实践活动征文的评审工作，印象最深的就是2019年。面对从海量征文中初选出的近千篇作品，我油然而生一种“一夜好风吹，新花一万枝”的惊艳感。按照评委会要求，终评委们需要优中选优，再从中挑出几十篇最终获奖文章，这可让我犯了选择困难症，因为每一篇都像枝头迎着东风初绽的花朵，各有各的姿态，各有各的鲜妍，共同构成了蓬勃的春天，哪一朵都可爱得叫人不忍心舍弃。

但我想，我的这种“纠结”是一种喜滋滋的纠结——让人一下子就能感觉到，无论大江南北，全国各地乡村的孩子们，并不是仅仅某一地因为水土适宜而长势良好，而是齐刷刷地在拔节成长。这算是从空间这个维度的横向比较。再沿着时间轴纵向来看，我们可以清晰地感受到这几年的征文质量一年比一年高。从这些或长或短的文章中可以看出，孩子们的阅读内容越来越丰富了，小说、童话、诗歌，科幻、军事、历史、天文、地理……不同体裁不同领域，不论古今中外，凡属人类留下的智慧结晶，都在他们尚属稚嫩却又充满好奇的目光之内，都留下了他们求知和探索的小小脚印。

我想，也正是因为阅读的广博，让他们不管是生长于哪片偏僻的乡野，都能够从浩瀚的书海中汲取无穷无尽的滋养，获得世界性的视野。你能够从字里行间捕捉到一种“初生牛犊不怕虎”的淋漓元气，一种与周围世界、与他人、与自我对话时落落大方的自信表情，一种对祖国、对人类、对万事万物的真挚的爱。而这一切的呈现，又依赖于他们对于语言文字的日渐流畅的、自如的运用。

俗话说“熟读唐诗三百首，不会写诗也会吟”，阅读对于一个人写作能力的提升，是这些征文给予我的第一个鲜明印象。

那些已初步呈现出汉语言之美的遣词造句，那些灵动的、智慧的表达，那些对于生活细节的敏锐、精准的描摹，那些既充满孩子气又闪耀着思想光芒的惊人之语，都无不让人生发“后生可畏”的赞叹。

所以说，尽管摆在眼前的是一篇篇无言的征文，却分明让人看到了征文背后所站立的那一个个活泼的、天真烂漫的孩子，看到了新时代乡村少年儿童因阅读的积累而敢于讲述的不一样的“中国故事”。

对于孩子和国家、民族的关系，已经有很多精辟的认识和论述，“孩子是祖国的花朵”“孩子是民族的未来”“少年强则中国强”。然而，如果希望孩子们能撑起国家的明天，他们首先要撑起自己的明天，而阅读则是他们撬动未来命运的支点。“忠厚传家久，诗书继世长”，这是在中国乡间最常见的对联，一代又一代的人将它贴在大门上，可见在我们民族的潜意识中，书籍和人品是支撑一个国、一个家千秋万代延续下去的两根最坚实的立柱。将这样的对联贴在家门上，贴在最显眼的地方，就是在每时每刻提醒每一个人。我想这是一个有着五千年璀璨文明的民族最具智慧的共识。而要把这一共识真正落到实处，最需要着力的地方就是乡村了。

相比于有父母督促而阅读环境更优越的城市孩子来说，乡村孩子的阅读可能更需要政府、社会的引领，尤其是父母不在身边的留守儿童，阅读既是他们获取知识的有效途径，更是滋养他们心灵的精神引领。

我常常想，一个人需要有自己的书柜，一个家庭需要有自己的书房，一个城市需要有自己的公共图书馆，那么一个乡村，当然更需要有自己的书屋。

阅读“‘阳光麦田’美丽乡村助读书系”这套小书，对孩子们来说，能够得到的是思想和精神上潜移默化的熏陶和滋养。而持续地写作、出版一些适合乡村孩子阅读的好书，让这些书在助力乡村少年儿童阅读方面发挥作用，无疑是功在当代、利在千秋的事业——我们不妨来个小小的假设，全国有六十多万个乡村，假设每个乡村书屋中的书籍，都能够像投入湖心的石子，哪怕只在十个孩子的心中荡起涟漪，全国也会有六百多万个乡村孩子从阅读中受益。

美丽乡村既要实现生态意义上的“绿水青山”，也要构建精神层面的“绿水青山”，从这个意义上讲，用优质图书和阅读协助、帮助、辅助乡村阅读，繁荣乡村文化，是建设美丽乡村的有效路径。

面对这些适合乡村少年儿童阅读的文字，我似乎可以看到，未来的他们，因今天的阅读引领而描绘出自己的梦和憧憬。

这些梦，将根植于他们生活的山乡旷野，更将呼应着远方的星辰大海。

目录

给马兰姑姑押车

冬天的乡村，天空总是瓦蓝瓦蓝的。阳光铺洒下来，显得特别清凉。池塘早已被厚厚的冰封死了，正是孩子们滑冰车的好时候。孩子们嗷嗷地叫喊着，冰车急速向前冲刺，不时有孩子摔倒在冰面上，引来其他孩子的一阵阵笑声。跟孩子们相比，大人倒清闲得多，他们揣着手，嘴里叼着自卷的大炮烟，轻轻地跺着脚。但并不是每个人都这么清闲。这时候，正是村子里婚嫁最为频繁的时节。谁家摊上这样的事，谁家便忙得不可开交。

红兵正是在这个时候听到了马兰姑姑要出嫁的消息。

当时，红兵正和他弟弟红星，还有石头、青松等一大帮孩子在池塘里滑冰车。红星跟青松撞到了一块儿。青松打了他一拳。红兵不愿意了，红兵走过去，一脚踢翻青松的冰车。虽然红兵跟青松是同一年生的，都是九岁，却比青松高出半个脑袋，青松有点怕红兵。红兵正想再跟上一脚，把青松踹趴在冰面上，却猛地听到石头他们发出一阵哄笑。红兵顺着石头的目光看去，看到马二奶奶正从地上爬起来。原来是马二奶奶跌了一跤。马二奶奶拍打着身上的土，朝这边骂一句，便又一颠一颠地朝南街走去。马二奶奶是一双小脚，体格胖，穿着一件厚厚的黑棉袄。她走得又急又快，身子一扭一扭的，胳膊不停地向后甩着，那样子看上去就像一个慢慢向前滚动着的大皮球，很滑稽。孩子们又是嗷嗷地一阵哄笑。

石头回过头，有点神秘兮兮地跟红兵说："她那个漂亮闺女快走了，她能不着急吗？"

"快走了？往哪里走？"

"那个马兰，快给人家做媳妇去了。"

红兵这才明白过来。马兰姑姑要出嫁了。红兵心里猛地忽悠一下子，心跳便快了许多，觉得自己喘气都有点儿困难了。

红兵站在冰上愣了片刻，再也没有心情滑冰车。红兵喊一声："红星，该回家了。"便提起冰车，朝岸边走去。弟弟显然还没有玩儿够，他好像没听到红兵喊他，盘脚坐在冰车上，拿手中的铁棍一撑，冰车便向远处滑去。

红兵一个人回到家里，看到奶奶正把洗好的衣服晾在纤条上，水珠像一串串冰糖豆似的淌下来，闪着晶亮的光。地上湿了一片。奶奶跺了跺脚。她看到红兵一个人走进门来，便问道："红星呢，红星没回来?"

"马兰姑姑要出嫁了。"红兵说。红兵瞅着奶奶，那目光如同耙子一样，似乎想从奶奶的脸上捞着点什么。果然，奶奶脸上的皱纹便舒展开了。

"真的？哎呀，我得赶快把那块花布料给你马兰姑姑送过去。"

奶奶说着，便拐着小脚走进屋去。红兵把冰车扔到墙根底下。红兵看到两只麻雀飞过来，落在光秃秃的枣树枝上。红兵举起胳膊，使劲儿挥了挥。那两只麻雀便叽叽喳喳地飞走了。

奶奶从屋里走出来，手里多了一块花布料。那布料是黑底儿，花是大红的，碎花。奶奶说："红兵，过来帮奶奶个忙。"红兵走过去。奶奶让红兵攥住布料的两个角，轻轻一抖，那布料便展开了。红兵的眼睛被耀了一下。接着，红兵又闻到一股浓浓的樟脑球味儿。奶奶拿手抚摸着布料说："你看这布料，多鲜活，这还是你爹娶你娘的时候，人家送的呢。"不知道为什么，红兵一听奶奶说这话，脸便红了。红兵有些嫌奶奶唠叨，就把布料使劲抖搂了一下。布料差点从奶奶手中脱开。奶奶被吓得一哆嗦："慢着点，该死的。"

奶奶重新叠好布料，然后把布料紧紧地夹在胳肢窝里，说："我给你马兰姑姑送去。"

"我也去。"红兵说。

"你去干什么？又不是三岁两岁的孩子。"奶奶劈头盖脸地说。红兵只好眼睁睁地瞅着奶奶走出门。

红兵坐在清冷的院子里，心里有点儿没着没落。红兵咬着牙，嘟着嘴，眼睛盯着一只咯咯乱叫的老母鸡，像是跟谁赌气似的。是不是马二奶奶要让别的孩子去？红兵摇了摇头。不会的，红兵想。让红兵给马兰姑姑押车，这可是马二奶奶亲口跟他和奶奶说的，并且不只说过一次呢。红兵记得清清楚楚。

奶奶出门总带着红兵。马二奶奶见到红兵，便稀罕得不得了，摸着红兵的头说："你看这胖小子，长得多精神，等小兰子出嫁的时候，让这胖小子给她押车。”

马二奶奶的话，把红兵说得像吃了蜜糖似的，心里甜甜的。长这么大，红兵还没给别人押过车呢。去年，红兵看到石头给人家押车回来的样子，心里羡慕极了。石头穿着一身新衣服，红光满面地从车篷里钻出来，手里还大包小包地提着。红兵知道那包里是糖块和点心，便跑上前，说：“石头，给块喜糖吃吧。”石头好像没看到红兵，躲过红兵便走远了。石头的身子一颠一颠的，嘴里还哼哼着歌。

自从马二奶奶说过这话以后，红兵就一直盼着能听到马兰姑姑出嫁的消息。今天终于听到了，不过，是从石头口里听到的。听石头的口气，马二奶奶并没有让他押车的意思。要是让石头押车，他早就跟红兵说了。可石头他爸是村里的会计呀。想起这些，红兵心里就火烧火燎的。

还是先说说押车是怎么回事吧。在鲁北平原，闺女出嫁，那可是一件很隆重的事情，都得要有娘家人去送的。一般都是三驾马车。当然，那时候村子里没有汽车，也没有拖拉机。实际上，三驾马车一字排开，用新席子或苇箔扎起拱形的篷子，六匹大马披彩挂红，行走在清晨的平原大道上，星星眨眼，铃声悠扬，也是蛮气派的。第一辆马车上坐的是两三位男客，一般是村支书和新娘本家的长辈。第二辆马车上坐的是新娘和两位女客，这两位女客一般是新娘的婶子和嫂子。而最后一驾马车则是拉新娘嫁妆的。在那个时候，姑娘的嫁妆通常是八铺八盖和两个大木箱子。马车前头放一个大箱子和四床铺盖，马车后头也放一个大箱子和四床铺盖，两个箱子中间，放的则是些茶壶茶碗、暖瓶果盘一类的东西，条件好的还配送一台收音机或者缝纫机。而在这车上，是必须得有一个小男孩的。他坐在这些嫁妆中间，把这些嫁妆押到姑娘的婆婆家去，这就叫押车。押车，意思就是把这些嫁妆看好，不得丢失，当然，嫁妆都已让绳子绑得结结实实，想掉都掉不下去。后来红兵才明白，人们让一个小男孩押车，完全是为了吉祥。当马车停在新郎家门口，人们一拥而上，解绳子的解绳子，扛东西的扛东西。这时候，小男孩的权力大了，把身子压在铺盖上不让解，或者两手抱住箱子，不让扛。怎么办？拿糖，拿点心，拿钱来，钱少了还不行。最后，糖有了，点心有了，钱也攥到手了，小男孩也就撒手不管了。并且，这个小男孩还像个小大人似的坐在上席，闹一顿好吃的不说，还不时得到那些外村人的夸奖，那脸面，风光得很。对于一个孩子来说，给新娘押车，那可是最肥的差事。

红兵当然不想错过这样的好差事。红兵坐在院子里，等着奶奶给马兰姑姑送布料回来。也许奶奶一回来，就会把好消息告诉红兵。

光秃秃的枣树枝上，麻雀飞走一拨又一拨。纤条上晾着的衣服，也半天掉不下一滴水珠来了。太阳变得越来越鲜亮，几乎爬到了天的正中间。红兵坐不住了，站起来，走出院子。

红兵朝马二奶奶家走去。红兵的脚步迈得很急促。红兵想停下来，可他发现，他已经无法让自己的脚步停下来。红兵看到马二奶奶家的大门是开着的，马兰姑姑穿着一件红棉袄，正把手里的高粱撒向围着她的那帮鸡鸭。鸡鸭叽叽嘎嘎地叫着，扇动着翅膀，上蹿下跳。马兰姑姑把一对大长辫子甩过来甩过去，不时拿脚踢向那些不老实的鸡鸭。

马兰姑姑看到红兵站在门口，便高兴地跑过来。她拉着红兵的手，走进屋里。

“放个屁的工夫你就跑来了，你不会在家里待一会儿?”奶奶训斥着红兵。

“咦，嫂子，你这是咋说话，孩子孩子，能关得住嘛。”马二奶奶拉着奶奶的手，两个人看上去亲热极了。

红兵靠着门框，两只眼睛紧盯着炕上摞了很高的新被子。那肯定是陪送给马兰姑姑的新铺盖，有红的，有绿的，有花的，鲜活得很。红兵想上去抚摸一下，红兵想听到马二奶奶能再重复一遍她原来说过的话。可马二奶奶就是不说。

马兰姑姑捧着一大捧花生往红兵兜里塞。红兵把一根指头衔在嘴唇上，忸怩着身子，说不要不要。马兰姑姑说要吧要吧。马兰姑姑当然不知道红兵想要的是什么。马兰姑姑的头发扫在红兵脸上，有一股香香的味儿。

这时候，奶奶直起身子，说：“该走了，该走了，回家还得做饭呢。”

马二奶奶一直攥着奶奶的手，唠唠叨叨地说着客套话。红兵支棱着耳朵，盯着马二奶奶的嘴。一直来到大门外面，红兵也没听到有关押车的事。红兵一边向前走，一边不停地回头，红兵看着马二奶奶和马兰姑姑满脸的笑容和挥动着的手，眼珠都红了。

红兵一下午都没有精神，一直待在院子里做一把木头宝剑。石头他们喊红兵去供销社门口弹琉璃球，红兵都没去。红星倒是跟着去了，可一会儿便哭哭啼啼地跑回家来，原来他的一个琉璃球被人家扔进了柴火堆，找不到了。红星说：“红兵，你得给我报仇，走，咱们揍他去。”红星上来拉红兵的胳膊。红兵不耐烦地抖抖手。红兵没理他。红兵谁都不爱理。红兵拿铅笔刀使劲儿削那根木棍，脚下面已经堆了好多木屑，它们像雪花似的白得耀眼。

马二奶奶是提着灯笼过来的。当时，红兵、红星和奶奶正坐在炕上搓棒子。棒子就是玉米，这里的人们都这么叫。搓棒子就是把干透了的棒子搓下粒儿来。屋子里生着炉子，很暖和，所以马二奶奶一进门，先把一股冷风带进来。

“可冻死我了。”

马二奶奶一边跺脚，一边吹灭手里的灯笼。奶奶已经停下手里的活，正扶着炕沿找靴子。

“他婶子，快，快上炕暖和暖和。”奶奶说。

马二奶奶也不客气，把灯笼放在柜子上，一挪屁股便把腿盘到了炕上。她伸手挨个儿摸了红兵和红星的后脑勺，说：“你看这俩秃小子，怪喜人的。”

弟弟把脑袋像拨浪鼓似的晃两下，他显然不喜欢马二奶奶那只冰冷干燥的手。可红兵就不一样，自从马二奶奶一进门，红兵的心便悬起来。红兵马上意识到什么，因此，一向不喜欢说话的红兵，这次竟然回头笑着喊一声奶奶，把个老太太喊得嘴都咧开了花。

奶奶说：“是不是你那小孙子又吓着了？”

马二奶奶说：“嫂子，这次可不是来找你的，这次是来找人家红兵的。”

红兵一听，肚子里立刻生出一眼清泉，一种甜甜的感觉像泉水似的在身上流淌四溢。

马二奶奶接着说：“晌午时把这事儿给忘了说。”

奶奶说：“啥事呀？你这么急慌。”

马二奶奶说：“让红兵给他马兰姑姑押车呀。”

奶奶“噢”了一声。

一旁的红星猛地梗起脖子，瞪着眼盯了马二奶奶片刻，似乎才明白过来怎么回事。

红星说："奶奶，你咋不让我去?"

马二奶奶没想到红星会这么说，一下子让红星问住了，不知怎样回答才好。马二奶奶让红星问了个大红脸。

还是奶奶说："红兵是哥哥，排也得先排你哥哥呀。"

"对，对呀，"马二奶奶笑了，"应该是哥哥先去嘛。"

听马二奶奶这口气，如果她还有一个没出嫁的姑娘的话，她现在就答应红星了。可马二奶奶只有马兰姑姑一个女儿。

红星把嘴巴噘出去好长。他把棒子粒儿弄得哗啦啦直响。

红兵终于如愿以偿。可在等待马兰姑姑出嫁的日子里，红兵过得并不轻松。红兵的心如同被一根绳子揪着，紧巴得要命。在课堂上，听着听着老师讲课，魂儿便不知什么时候飞走了。有两次，红兵斜着眼盯着窗外，老师走到跟前，巴掌几乎落在脑门上，红兵还没回过神来。

这样的日子真是难熬。每天早晨起来，红兵便问奶奶："奶奶，还有几天?"

奶奶光笑。奶奶做着手里的活儿，不时从老花镜后面露出眼睛来，瞅红兵一眼。奶奶撇着嘴说："我听你马二奶奶说，人家又不让你押了，人家让刘七家的黑头押。"

一说黑头，红兵笑了。红兵知道奶奶是跟他闹着玩儿，因为黑头是个傻瓜。

这一天上午，红兵看到马二奶奶家门口停着三辆马车。九成和三得正把一根根竹片打成弯儿，绑在马车上，他们脚下是几领苇箔。红兵想肯定是马兰姑姑出嫁的日子到了。

红兵撒腿便往家里跑。

奶奶正弯着腰拨拉簸箩里的小枣，把颜色变黑的拣出来。阳光落在火红的小枣上，把眼睛都弄得生疼。

"奶奶，我看见九成和三得正在给马车扎篷子呢。"

奶奶直起身，嘴巴里还在不停地动着。奶奶吃的是那些变黑的小枣。奶奶拍拍肥大的黑布褂子，没理红兵，而是径直走进里屋。她掀开挂在墙上的月份牌，然后转过身来说："总算是等到了，明天你就坐席去了。"

红兵一下子蹦起来。

奶奶“嘘”一声，说：“别跟你弟弟讲，明儿个一大早，悄没声地走了就行了。”

奶奶打开柜子，把红兵的新衣服拿出来。

一会儿，那件咖啡色的条绒褂子和那条海军蓝裤子便被挂在纤条上，这些都是红兵过年时候才穿的衣裳，如今，它们在阳光下散发着暖色的光泽，一股樟脑丸的气息钻进鼻子里，红兵使劲儿打了个喷嚏。

果然，刚吃过晌午饭，马二奶奶便颠着小脚跑过来。她进门便塞给红兵两块糖，然后双手捧起红兵的脸蛋说：“明天，咱可得起个大早了。”马二奶奶的手心冰凉。她嘴里的牙黄乎乎的，已经掉了好几颗，一说话儿，有一股虾酱味儿便喷到红兵脸上。要是平时，红兵早就跑开了。可是今天，红兵却站在那里一动不动地傻笑着。

“嫂子，兰子她婆家远，明儿个起来得早，大冷的天，你可得给孩子穿上件厚棉衣，车上有褥子再搭搭，咱可别把孩子冻坏了。”

“他还能冻坏了？你看他那心盛劲儿吧。”奶奶直笑。

“对了，”马二奶奶又想起什么事儿，说，“孩子，明天到那边，咱可要压住被子，谁抱也不让他抱。他给你糖，你就让他抱一床；他给你点心，你就再让他抱一床。可别撒手太早。他给钱才行呢。”

马二奶奶比比画画的，像在戏台上演戏似的。

不过，马二奶奶刚走。奶奶便说：“咱可不能使那样的傻劲儿，人家给你个十块八块的，你就让人家搬。”

奶奶她们说的这些话，红兵都听不进去。红兵只盼着天快点儿黑。

说句笑人的话，那天夜里，红兵失眠了。那也许是红兵一生中最早的一次失眠。红兵躺在炕上，说什么都睡不着，先是听到爷爷的呼噜声，接着又听到奶奶磨牙的声音。炉口把墙壁映得红彤彤的，红兵盯着暗红的墙，一点儿困意都没有。后来，炉子上的铝壶发出“嗞嗞”的声音，那声音就像一首没完没了的歌，一直在红兵耳边唱着，唱着。

随着几声零星的狗叫，一串清晰的脚步声从胡同里走过去。奶奶发出一声深深的叹息，她从梦中醒来，接着一下子从被窝里坐起来。炉火映红了她的脊背。她的身子在阴影里晃悠了两下，看一眼黑洞洞的窗外，这才放松下来，开始不慌不忙地穿衣服。

“奶奶。”红兵躺在被窝里，轻轻地叫一声。

奶奶一惊，回过头瞅着红兵说：“醒了，真厉害，没喊你就醒了。”

红兵想跟奶奶说我根本就没睡着，可又怕奶奶笑话他，说他没出息，便把话咽了回去。

这时候，爷爷也起来了。爷爷拉开电灯。爷爷说：“嘿，这电灯真亮，刺得都睁不开眼。”那是村子里第一年用电灯，所以爷爷奶奶经常念叨这电灯多么亮多么亮，念叨得红兵耳朵眼里都长了茧。

红兵刚把新衣服穿上，新靴子还没来得及穿，外面就传来敲门声。爷爷提着裤腰带跑出去。不一会儿，爷爷和支书树青走进屋来。树青腋窝里夹着一把手电筒，一身中山装也穿得板板正正。他说：“小子，咱今天多精神呀，你看这身衣服漂亮的。”爷爷从柜子里拿出一盒好烟，抽出一根递给树青，又给树青点上。

“你看把这个孩子高兴的，没喊他，他自个儿醒的。”奶奶又接着说，“树青，孩子交给你，你可给我照管好。”

树青说：“婶子，你尽管放心，要不让孩子吃得嘴唇放光，肚子里流油，那我树青这支书算是白干了。”

“对了，”支书树青说，“小子，咱可得压好箱子，他不掏出五张‘大团结’来，咱可不能撒手。听到没有？”

支书树青朝红兵伸出一个巴掌，看他的样子，可不像是说着玩儿的。

东边的天空还没有丝毫要亮的痕迹。支书树青在前面打着手电筒，奶奶牵着红兵的手，在后面跟着。影子一会儿长一会儿短，有风吹过来，刚刚洗过的脸被扎得生疼。离马二奶奶家门口还有很远，就看到已经有很多人在忙活。三辆马车早已一字排开。昏黄的电灯底下，人们一说话儿，便有一团白色的热气从嘴里喷出来。马二奶奶家的院子里热气腾腾，原来，马兰姑姑正吃马二奶奶给她下好的素馅饺子。马二奶奶递给马兰姑姑一双筷子，说：“吃吧，兰子，吃了到人家家过日子素净。”马兰姑姑拿起筷子，一个饺子只咬了一半，便哭了。先是一抽搭一抽搭的，后来全身也跟着抖起来。马兰姑姑身边围着一堆妇女，有的捂着嘴笑，有的张着嘴打哈欠，几个上年纪的说："你看这孩子，大喜的日子，哭啥？好了好了，多吃两个。"这些人都是来送马兰姑姑上车的。可这时候的马兰姑姑，早已泣不成声，别说吃饺子，就是话也说不出来了。这让红兵很纳闷，结婚喜事，马兰姑姑为什么哭得这么痛心呢?

外面有爷们儿喊："好了好了，上车了上车了。"

屋子里挤成团儿的妇女便"嗡"一声散开。人们让出一条道，两个穿着干净的女人扶着马兰姑姑向外走。马兰姑姑哭得更来劲，她猛一回头，一耸身子，接着想往马二奶奶怀里扑。身边的人迅速地抱住她。后面的女人们紧跟着站成一堵墙，便把马兰姑姑和马二奶奶隔开了。马兰姑姑来到院子里，她的大红棉袄在灯光下特别鲜艳。透过人缝，红兵看到屋里只剩下马二奶奶一个人，她孤零零地站在那里，伸着脖子，两眼呆痴，两只手半举着，像是没处放似的。

这时候，人们都涌到街上，黑影幢幢，嘈杂声响成一片，村子里的狗也齐声叫起来，真像是给马兰姑姑送行。支书树青把红兵抱起来，推进最后面那辆马车里。奶奶扔给红兵一件棉大氅，让红兵穿上。赶这辆马车的是三得，他站在车头，手里攥着马缰绳。这时候，前边的马车已经动了，只见三得举起马鞭，在空中划一下，便发出一声脆响。马车忽悠向前一冲，箱子上的铺盖也跟着晃悠一下子，接着，马脖子上的铜铃铛便发出清脆的声音。三得紧跑两步，一下子跳上车头，挪两下屁股，便坐稳了。

夜色依然很浓。天上的星星挤成一团儿，不停地眨巴着眼睛。身后的村子里，公鸡开始第一声啼鸣。

此时，红兵紧了好几天的心终于放松下来。寒风透过苇箔钻进箱子，钻进红兵的脖子里。红兵忙缩脖子，把身旁的一床褥子盖在腿上。也许是一宿没睡觉的原因，肚子里咕噜咕噜叫起来。红兵满脑子里都是热气腾腾的大鱼大肉。人家说像这样的喜宴，都得上几十个盘子的好菜，想着这些，口水便“嗞”地从牙缝里渗出来。红兵从兜里抠出一块糖来，剥开，塞进嘴里。渐渐地，身上暖和了。马蹄声和铃铛声有节奏地响着。不知不觉，红兵竟然睡着了。

这一觉可让红兵后悔了好长时间。红兵是在一阵鞭炮声中醒来的。抬起头，红兵看到天已大亮，外面围了很多人，那些半大小子们嗷嗷地叫着，还骨碌骨碌地往一块儿挤。这些人红兵一个都不认识。赶马车的三得呢？支书树青呢？红兵心里一下子毛了。更让红兵难受的是，红兵发现车头的铺盖和箱子，不知道什么时候都让人家给弄走了。这时候，正有两个人在架后面的箱子。红兵的脑瓜子“嗡”一下就大了，急得差点哭了。有一个留着两撇小胡子的男人爬上车，把红兵抱起来。这个小胡子长得像个日本鬼子，吓得红兵气都不敢喘。当他抱着红兵钻出车篷，红兵看到太阳已经升到半空。

人们都盯着红兵笑。他们的面孔都是陌生的。抱红兵的小胡子男人也咧着大嘴哈哈笑。他跟别人说：“你们看这个小亲戚，睡得可真够瓷实，还没醒过盹儿来呢。”

后来，红兵终于看到三得和九成他们。他们正坐在屋里人模人样地喝茶，他们一看到红兵，就不怀好意地笑了。当然，有外人在场，他们没笑出声。

那个抱红兵下车的男人从后面跟进来，说：“这个小亲戚，睡得可真够瓷实，我抱他下车的时候，他还没醒过盹儿来呢。”

一屋子人都哈哈地笑起来。红兵忙低下头，觉得脸都丢尽了。

那些糖、点心还有钱，红兵一点儿也没捞到。本来打算得好好的，可现在什么都没有了。红兵心里难受极了。

那顿饭红兵都不知道是怎么吃的。他光记得在回家的路上，他们这个人一句那个人一句，都在挖苦他。

三得说："我回头一看，这小子竟歪着脖子还没睡醒，我还没来得及叫他，就让人家把缰绳接过去了。"

九成说："你要的糖呢？拿出来让大伙尝尝。押车的钱呢？拿出来让大伙看看。"

本来红兵心里就不好受，让他们七嘴八舌地一数叨，满肚子的委屈憋不住了。红兵呜呜地哭起来，拿袄袖子不停地擦眼泪。后来，支书树青跳上这辆马车，说："你们这帮混蛋，逗弄孩子干啥？"他把三得九成他们骂了一顿，又回过头来跟红兵说："红兵，该得到的那些，咱一份都不能少。"说着，支书树青便把糖和点心塞进红兵怀里，然后又举着二十块钱，说："这钱，我可不能给你，我得到家交给你奶奶，你这个小拉拉蛋，送给你个媳妇你也得丢了。"大伙都笑了，可红兵的心里却一点儿想笑的意思都没有。

虽然支书树青把糖和点心塞进红兵怀里，红兵也知道该得到的东西一点儿都没有少，可红兵的心里，却再也高兴不起来。红兵隐隐地感觉到，这些令人向往的事情，结果并不是都那么令人高兴。红兵似乎明白了马兰姑姑为什么在这样的日子里失声痛哭。红兵坐在马车上，盯着冬日阳光下暗绿色的麦田，猛地觉得自己长大了不少。

公鸡的寓言

1

我们住的院子里有一座高高的煤堆，我们给它起了个名字，叫黑山。我和臭虫、铁墩，还有一个叫白白的小黑丫头时常举行登山比赛。最先登顶的总是我。我举着自制的小红旗站在黑山顶上的时候，心里总是升起一种自豪感。

有时候，妈妈一边给我洗着身上的黑煤灰，一边龇牙咧嘴地骂我，骂到气头上，还扇我的脸蛋子。可我还是禁不住朝在我旁边学习的哥哥陈大宝挤眉弄眼。我这是向他示威。陈大宝学习不好，妈妈骂他是块地瓜蛋子。我们都同样挨妈妈的巴掌，可我们的感受不同。我在妈妈响亮的巴掌下，那种自豪感就像煤块那么坚硬，闪着黑油油的光。而陈大宝的脑袋瓜子却像是霜打的茄子，乌了吧唧的，蔫得不行。

这种自豪感，一直持续到我和臭虫打架为止。那一天，我依然是第一个冲上黑山顶。我一手举着小红旗，一手抃着腰，抻着脖子嗷嗷地朝臭虫他们叫。叫白白的小黑丫头跌了一跤，啃得满嘴都是黑煤灰。我笑得嘎嘎响，两眼像机关枪似的扫射着气喘吁吁的臭虫和铁墩。

“有什么好笑的。”臭虫阴着脸，一脸的不服气。

“有本事你爬得比我快呀。”我还是扬扬自得。

“有什么了不起，你爸爸跟你妈妈要离婚了，你还笑得像鸭子这么响。”

我愣了一下。我不知道什么叫离婚，但我隐隐约约地知道，离婚反正不是什么好事儿。

我说：“你个臭臭虫，你放屁。”

臭虫指着我说：“你才放屁呢。”

我气不过，使劲推了臭虫一把。没想到，臭虫像皮球似的滚下黑山去。他再站起来，整个儿变成了小黑人。他站在那里哭起来。

“我们再也不跟你玩了。”铁墩气呼呼地说着，拉起白白的手。

我一个人站在黑山顶上，很失落。可这不能怨我吧，臭虫干吗说我爸爸妈妈要离婚呢。

我看到远处，那只让我们都害怕的雄壮的大公鸡正站在院墙上。它忽扇着翅膀，抖动着火红的鸡冠子，似乎正看着我们这边发生的事儿。

2

“妈妈，这是条什么鱼？”我指着妈妈刚从鱼贩子手里接过来的那条鱼问。

“我也不知道。”妈妈拽起我的胳膊，并没有瞅我。

我看到那条鱼足有我半个身子长，扁扁的，背是棕色的，肚皮雪白，嘴巴很宽，而眼睛很小。那个卖鱼的说这是海里的鱼，我觉得也是，因为我从来没见到这么怪的鱼。我跟妈妈说，就叫它怪鱼吧。妈妈点点头。

妈妈一手提着那条长长的怪鱼，一手抓着我的胳膊。我们穿过弥漫着腥味的鱼市，沿着泥泞的街道，朝回走。刚刚下过一场雨，太阳又从云缝里钻出来，变成火红色，它使对面的熟肉店的玻璃变得金光闪闪。那些硕大肥胖的绿头蝇朝这边飞过来。我想它们肯定是在熟肉店里吃饱了肚子，准备飞回凉爽的土产店里去休息。但我猜错了。它们是朝妈妈飞来的，不对，是朝妈妈提着的那条怪鱼飞来的。它们贪婪地落在怪鱼身上，有一只绿头蝇正趴在怪鱼的眼睛上，还在不停地扭着屁股。它们就像一粒粒的羊屎蛋子在怪鱼身上滚来滚去，并且发出欢快的嗡嗡声。

我心里难受极了。这些可恶的绿头蝇会把鲜亮的怪鱼弄脏的。可妈妈跟没有看到似的。妈妈微微垂着头，头发遮住她的半张脸。她的眼睛既没有看怪鱼，也没有看我，更没有看这乱糟糟的街道，她轻轻皱着的眉头下面，两只眼珠一动不动，我不知道她在看什么。也许，妈妈的眼珠跟别人的不一样，能倒过来，看自己。可妈妈抓着我的那只手，也是软绵绵的，一点劲儿没有。这跟平时可不一样，平时，妈妈总是使劲儿拽着我的胳膊，走得飞快，可今天，妈妈走得比我都慢。

我可不管这些。我只是看到那些绿头蝇落在鱼身上，心里就难受。我一边走，一边悄悄地抬起脚，从妈妈的屁股后面飞起一脚，我的塑料凉鞋差一点就踢在怪鱼身上。绿头蝇们“嗡”一声都飞起来。可紧接着，它们又落回到怪鱼身上。我接着踢，脚尖总是差那么一点点，就跟父亲踢陈大宝似的，总是把脚飞出去好长，却总是踢不上。陈大宝今年十一岁，上小学四年级，他踢我可不像父亲踢他似的，他总是把我的屁股踢得生疼。

我的塑料凉鞋突然飞出去落在泥水里。我“呀”地叫一声。妈妈这才抬起头，她看一眼躺在水里的塑料凉鞋，猛地便在我后脑勺上拍一巴掌。妈妈气汹汹的模样丑陋极了，就像她手里提着的怪鱼似的。我绷着嘴唇，恐惧地瞪着眼睛，我害怕妈妈再拍我的后脑勺。妈妈没有再拍，她弯下腰去，捡起我的凉鞋，甩了甩上面的泥水，扔到我脚下，让我穿上。

快到矿区小学门口的时候，我一眼就看到了陈大宝。他正跟几个男孩子蹲在地上弹玻璃球。他背上的书包看上去特别大，就像一个乌龟壳似的扣在他背上。

“陈大宝。”我使劲儿喊道。

陈大宝抬起头，朝我和妈妈这边瞅来，脸上露出惊讶的表情。我知道他是看到妈妈手里提着的那条大大的怪鱼了。可紧接着，他又低下头去，因为有伙伴喊他弹玻璃球。我看到他把玻璃球很潦草就弹出去了。

“陈大宝。”这次是妈妈喊他。

陈大宝只好站起来，一动不动地站在那里，愣愣地瞅着妈妈。

妈妈说：“回家吧，晚上我们炖鱼吃。”

妈妈的声音柔柔的软软的。我从来没听到妈妈跟陈大宝这样说过话，我抬起头，盯着妈妈的脸。妈妈微笑着，脸上的皮肤非常舒展。她盯着陈大宝的两只眼睛亮晶晶的，就像陈大宝新买来的玻璃球那么亮。这使得陈大宝僵硬的身体软下来。

“我想再玩一会儿，天还不黑，再玩一会就回去。”陈大宝用手搔着头发。

“别玩时间长了。晚上我们炖鱼吃。”

“嗯。”陈大宝应一声，立刻就像一只青蛙似的趴在地上，一蹦跶一蹦跶的，很欢快的样子。我心里就不服气，回过头，猛地喊一声：“臭陈大宝！”

喊完后，我有些害怕地盯着妈妈，可妈妈就像没听到似的。她还是那么领着我，慢慢地向前走。

走进那扇铁栅栏门，我抓紧妈妈的手，伸着脖子，角角落落地瞅一通。我是看看那只雄壮威猛的大公鸡在不在院子里。我看到大公鸡不在，就撒开妈妈的手，向院子中间的黑山跑去。

“回来，陈小宝。”妈妈在后面喊。

“我去那边等爸爸。”

妈妈没再管我，径直朝不远处的平房走去。那扇绿色纱窗门的就是我们的家。我们住的是煤矿的房子。父亲是矿上一个不大不小的官儿，人们都喊他陈科长。爸爸戴着一副宽宽的黑框眼镜，对谁都是笑眯眯的。不过，爸爸这段时间似乎很忙，已经好多天没回家了。买鱼的时候，我问妈妈：“是不是今天爸爸要回来？”妈妈点点头。我心里美滋滋的。

天上堆积着大团大团的云彩，晚霞给它们镶上了金边。它们迅速地向远处飘去，就像柴火漂在河面上似的。由于刚下过雨，地面上热气腾腾，我如同蹲在锅里的一个大馒头似的，浑身是汗。我盯着大门口，唯恐一不小心，把爸爸从眼睛里漏掉。

天渐渐暗下去，晚霞也越来越红，我看到陈大宝背着书包，屁股一撅一撅地拐进门来。我把两只手放在嘴上，圈成喇叭状，喊道："陈大宝，陈大宝。"

陈大宝朝煤堆这边瞥一眼，又扭过头去，像跟我赌气似的，没理我。陈大宝拉开纱门，走进屋。我一下子闻到了鱼的香味，我霍地一下跳起来，朝家中跑。

这时候，我听到公鸡咯咯的叫声。我回过头，看到那只大公鸡正站在院墙上，扇动着翅膀，浑身金光闪闪。

3

锅里"咕嘟咕嘟"地响着，热气从锅四周喷出来，香味儿在昏黄的灯光下越来越浓。我的眼睛死死地盯在厨房里，不停地咽着口水，可是，天已经黑下去好长时间了，爸爸还没有回来。趴在桌子上写作业的陈大宝，也不时地扭过头，瞅一眼喷着雪白的热气的锅。

我说："妈妈，鱼炖好了吧？"

妈妈说："再等一等，千滚豆腐万滚鱼嘛，炖的时间越长，鱼就越香。"

妈妈正在收拾衣柜。她把乱七八糟的衣服摆了一床，然后再一件件地叠放整齐。妈妈一边叠着，嘴里一边嘟哝着什么，我只听清了几句，比如像："这是大宝的，那是小宝的。这是大宝冬天穿的，那是小宝秋天穿的。"反正妈妈唠唠叨叨的，说的全是这样的话。昏黄的灯光下，妈妈就像一个七老八十的老太太一样。她把我和陈大宝的衣服分得这么清楚，并且打成一个个大小不一的包袱，就跟要出远门似的。

这时候，陈大宝直起身，伸了个懒腰，合上书和作业本，把书和作业本放进书包里。他肯定是把作业做完了。他站起来，走到妈妈身边，眼睛滴溜溜地盯着妈妈收拾床上的衣服。过了半天，妈妈才发现身边的陈大宝。妈妈停下手里的活儿，目光落在陈大宝身上。妈妈那目光怪怪的，让我心里特别不舒服。更让人想不到的是，妈妈突然伸出一只手去，轻轻地摸了把陈大宝的脸蛋儿，就像给陈大宝抹眼泪似的。也许陈大宝真的掉眼泪了，让鱼馋的。妈妈说："大宝，是不是饿了？"陈大宝点点头。我看到妈妈的眼睛里有亮光轻轻一闪，天上眨巴眼睛的星星似的。妈妈叹一口气，说：“好吧，咱们吃饭。”

虽然我心里很高兴，但我坐在那里没动。我使劲撇撇嘴。我想天底下再也找不到像陈大宝这样脸皮厚的了，竟然让鱼馋得馋出眼泪来。更重要的是，爸爸还没有回来。妈妈说爸爸今天要回来的。矿上忙，爸爸已经好多天没回家，他也该回来趟看看我们了。妈妈今天买了这么大的一条鱼，肯定是因为爸爸要回来，于是我说：“妈妈，爸爸还没回来呢。”

妈妈先是愣一下，然后淡淡地说：“咱们不等了。”

我们围着小桌子吃鱼。妈妈给我和陈大宝一人盛了一碗，然后自己又盛一碗。桌子中间放着几个热气腾腾的白面馒头，掠过馒头，我的眼珠只转了一圈，就发现了问题。陈大宝的碗中鱼肉最多，五块，而在妈妈碗中，雪白的鱼汤中间，只露出那么一小块鱼肉。而我碗中能数出来的，是三块。

我嘟着嘴说：“妈妈，你偏心，凭什么陈大宝碗里鱼多。”

妈妈笑了，说：“锅里好多呢，你就放开肚子吃吧。”

可让我没想到的是，陈大宝竟然从他碗里夹出一块鱼来，抻着脖子弯着腰，放进我碗里来了。我有点儿惊讶地看一眼陈大宝，他正龇着牙瞅着我笑呢。他笑得那么灿烂。我的脸腾一下红了。

爸爸进门的时候，我们已经吃罢晚饭。我和陈大宝围着桌子玩跳棋。妈妈坐在床边给陈大宝缝裤子。天有些闷，陈大宝不时擦一把脸上的汗。就在这个时候，纱窗门一响，爸爸走进来。爸爸穿着一件白衬衫，手里提着一个黑色的提包。他愣愣地站在门口，瞅着我和陈大宝，想咧开嘴笑，但没有笑出来。

“爸爸回来喽。”我一下子从板凳上蹦起来，扑进爸爸怀里。

爸爸抚摸着我的头，终于咧开嘴笑出来了。爸爸说：“对了，小宝，爸爸给你买了连环画呢。”说着，爸爸拉开提包，从里面拽出四五本连环画。

我举着连环画，兴奋地回过头，却看到妈妈和陈大宝一点儿反应都没有，他们似乎没看到爸爸进来似的。我跑到妈妈身边，说：“看，爸爸买的。”

妈妈说：“我知道了，你好好看吧。”妈妈头也没抬。

我瞅了一眼陈大宝。陈大宝低着头，还在摆弄着手里的那些跳棋。我想了想，还是没有走过去让陈大宝看我手中的连环画。

我怕他抢。

我看到爸爸站在屋子中间，一副局促不安的样子，如同到了别人家似的。

“爸爸，你坐呀，”我说，“我们晚上吃的是鱼，妈妈买了一条那么长的大怪鱼，妈妈知道你回来，可是你太忙了，回来晚了。”

爸爸说：“是啊是啊，爸爸太忙，不过，爸爸吃过饭了。小宝，来，爸爸教你识字好不好？”

“好，好。”

我心里别提有多么高兴，爸爸自从踢过我那一脚后，可是再也没有教我识过字。

我们坐在桌子旁。我打开爸爸刚给我买的书。书纸滑溜溜的，有一股好闻的香味儿，里面的图画还是彩色的呢。

第一幅画就是红彤彤的天安门，它的后面还放射着一道道的金线，就像站在院墙上的那只扇动着翅膀的大公鸡一样，金光闪闪。

爸爸指着下面的字，开始教我。

“这是‘天’，天安门的天。”

我跟着喊："天，天安门的天。"

"这是'安'，天安门的安。"

"安，天安门的安。"

"这是'门'，天安门的门。"

"门，天安门的门。"

……

我记得爸爸的手指纤细雪白，像一个女人的手指；我记得爸爸的眼睛躲在镜片后面，眯成一道缝，却不时地闪出亮光来。我记住了那低矮的平房，昏黄的电灯，小人书上散发出来的墨香，还有那滑溜溜的纸张。

4

我醒来时，阳光已经把屋子塞满了。无数的尘埃在阳光中上下翻飞。屋子里静悄悄的，然而，从很遥远的地方，似乎传来万马奔腾的声音，嘶喊着号叫着，像是有许多人正在打仗。我很害怕。我喊："妈妈。"声音就像一只皮球似的，砸在墙上，又弹回来，空洞洞的。我又喊了一声妈妈，可是，屋子里还是静悄悄的。

于是，我哭起来。我突然产生了一种从未有过的恐惧感。我蹬掉身上潮乎乎的毛巾被，爬下床。我光着屁股，哭着去拉门。门并没有锁，一拉，便开了。我推开纱门，走到外面。我抹一把眼泪，抬头一看，那只金黄色的大公鸡正站在我面前。它一抻脖子，比我还高。它正凶巴巴地盯着我。我“哇”一声，哭着便向前跑，一边跑一边回头看，可那只大公鸡，像是专门在门口等着我。它扑扇着翅子，在后面追。院子里一个人都没有，我不知道人们都跑到哪里去了。我的哭声足以传出一里路去，我想唤一个人过来，哪怕是臭虫和铁墩也行，可是一个人都没有。我终于趴在地上，那只金黄色的大公鸡，就像小人书上的魔鬼似的，伸出坚硬的嘴巴，使劲地啄着我的屁股。

这时候，我听到一个“哇哇”怪叫的声音朝这边奔过来，先是大公鸡“咯咯”地跑掉了，再是有人把我从地上抱起来。我已经哭得没力气了。我歪歪头，看到抱着我的是陈大宝。陈大宝脸涨得通红，吭哧吭哧地喘着粗气。

当我趴在床上的时候，陈大宝已经甩掉了背上的书包。他像个大人似的，用热水烫了毛巾。他说："别动。"然后，他便把毛巾捂在我的屁股上。他说："都啄肿了。"

我哭着要妈妈。陈大宝坐在椅子上，低着头，不吱声。

我说："陈大宝，妈妈呢？"

陈大宝摇摇头说："不知道。"

陈大宝想了想，又接着说："小宝，你不知道，爸爸跟妈妈离婚了。"

说完，陈大宝便低下头，嘤嘤地哭起来。

我不知道什么叫离婚。但我看到陈大宝哭了，便从心里害怕，一害怕，我自己却忘了哭。

我说："陈大宝，你别哭，你别哭。"

陈大宝却哭得更来劲，他一边哭一边说："妈妈和你一会儿就要走了，你们要回农村了，你们要回姥姥那里去了。我也想去，可是人家把我判给了爸爸。我没有妈妈了。"

过了好半天，陈大宝才停住哭声。陈大宝用给我捂屁股的毛巾使劲儿抹了把脸。我一下子笑了，我说："陈大宝，你咋用捂屁股的毛巾擦脸。"陈大宝没有笑，他像个大人似的开始给我穿衣服。

我说："陈大宝，离婚到底是咋回事儿？"

陈大宝嘟着嘴说："以后，咱们就不是一家子了。"

我一听，觉得陈大宝是胡说八道。昨天晚上，爸爸还教我识字呢。不过，我还是隐隐约约地感到有点儿不对劲儿。于是，我不再说话。

这时候，妈妈推门回来了。

我说："妈妈，公鸡啄肿了我的屁股。"

妈妈走过来，看了看我的屁股，没说话。接着，我看到爸爸又走进门来。

我说："爸爸，公鸡啄肿了我的屁股。"

爸爸眯着眼笑了，他说："打死它，这只坏公鸡。"爸爸走过来，摸了摸我的头。

妈妈打开柜子，把几个包袱提出来。

我说："妈妈，你和爸爸是不是离婚了？"

我看到爸爸和妈妈都同时瞪大眼睛，他们谁也没说话。妈妈提起包袱往外走。

爸爸说："小宝，你要看姥姥去喽。"

我说："爸爸，以后我们还是一家子吗？"

我看到爸爸一下子愣在那里。他的眼圈红了。他有点儿生气地说："别胡说八道。"

5

爸爸开来一辆绿色的三轮摩托车，就是电影里日本鬼子开着进村的那种。摩托车还没有停稳，我就蹿上去，爬进旁边那个像一只大鞋子似的车斗里。我站在里面，兴奋地拃着腰，挥着手，像一个将军一样指挥着妈妈把几个包袱塞进去。

"好了吧？"爸爸问妈妈。爸爸缩着脖子，样子低三下四的。

妈妈看也没看他，更没吱声。她拍打几下自己的衣服，便贴着我的身子坐下来，车斗里立刻便挤了。我还想说什么，妈妈拍了我一下，没好气地说："坐下。"

这时候，我看到陈大宝一迈腿跨坐在后面的那个座位上。爸爸一斜身子，腿一用力，摩托车突突地响起来。我立刻闻到一股好闻的汽油味儿。爸爸说一声“都坐好”，摩托车便忽地一下窜出去。

不知道为什么，我心里有一股说不出来的兴奋。我回头看了看这个空旷的大院，还有院子中间的那座黑山。对我来说，黑山已经不能让我产生那种自豪感了。我觉得我并不喜欢这里。

摩托车跨出铁栅栏大门的时候，我又听到公鸡的叫声。我回过头，透过妈妈的腋窝，看到那只雄壮的金色的大公鸡正站在院墙上，朝着我们伸动着脖子。它的头顶上面，那巨大的冠子红得如同一团正燃着的火焰。我害怕极了。我缩着脖子，几乎不敢睁大眼睛去看它。

矿区的街道上尘土飞扬。煤矿小学的操场上，学生们正随着高昂的乐曲做课间操。今天，陈大宝肯定是逃学了。要是以往，爸爸会飞起脚来踢他的，妈妈也会毫不客气地给他一记耳光。可是现在，他坐在我和妈妈旁边，两手搂着爸爸的腰，脑子里不定正想着什么。

我想要是光这样多好呀。爸爸开着摩托车，载着我们一家子，去市里的动物园看猴子。可是我和妈妈就要坐上火车，回农村老家去了。陈大宝说爸爸和妈妈离了婚，我们就不是一家子了。可此时，我坐在妈妈怀里，怎么想怎么还是一家子。

摩托车路过鱼市时，我想起昨天下午，我和妈妈在这里买的那条怪鱼。那条怪鱼真是怪怪的，自从见到它后，所有的事情也都变得怪怪的了。

天突然变得阴沉沉的，大团大团的黑云彩往一块儿聚集。摩托车到达火车站时，空中已经传来隐隐的雷声。

爸爸停下摩托车，提起那个黄绿色的大帆布包，想要把我们送进站去。而妈妈死活也不让他送。妈妈像是跟爸爸打架似的，从爸爸手中夺过帆布包，背在自己身上。爸爸站在那里，双手不停地揉搓着，很尴尬的样子。

妈妈回过头，走到陈大宝身边。陈大宝还坐在摩托车座上，耷拉着脑袋，一声不吭。妈妈站在那里愣了片刻。这时，站里猛地响起长长的汽笛声，紧接着，天上像老头打呼噜似的传来一串闷雷。妈妈伸出一只手，轻轻地在陈大宝脸上抚摸了一下。陈大宝把头垂得更低了。妈妈上下嘴唇不停地哆嗦着，似乎想说话，但就是说不出来。最后，妈妈猛地一拧身子，冲到摩托车这边，拽出斗里的两个包袱，另一只手抓起我的手腕子。

我和妈妈踉踉跄跄的，几乎是跑进火车站的。妈妈肩上背着大帆布包，一只手里挎着两个包袱，另一只手紧紧地抓着我。她使劲地向前冲，似乎火车就要开了似的。我跟在妈妈屁股后面，不时地扭过脖子看一眼爸爸和陈大宝，我看到爸爸和陈大宝如同被孙悟空施了定身术，愣愣的，一动不动。

我一下子看到了那个硕大的火车头。它黑黑的，白色的蒸汽不时地从它身子下面喷出来，发出的声音就像大人擤鼻涕。一个胖胖的列车员提着大大的铝壶在月台上慢悠悠地走着，那姿态活像一头大猩猩。

我记得就是这个时候，我突然摔倒在地。妈妈放下包袱，把我从地上拖起来。我们又重新向前走。我一瘸一拐地说："妈妈，我脚疼。"我龇着牙，可怜巴巴地瞅着妈妈。我想当时，那肯定是装出来的。妈妈皱着眉头，瞥一眼远处的钟楼，用袄袖子擦了把脸上的汗水，猛地蹲下来，说："上来。"

于是我趴在妈妈的背上，搂住妈妈的脖子，旁边就是那个大帆布包，它不时地挤我身子。我下巴颏抵在妈妈的头发上。妈妈的头发里有一股呛人的汗酸味儿。我偏了偏头，看见一排排红色的车轮从眼前缓缓地滑过。接着，又是火车长长的汽笛声。

就在这时，妈妈想起了什么似的，突然停下来。她缓缓地转过身。我看到，在火车站的进站口那里，陈大宝正抻着脖子，双手掰着铁栅栏，瞪着一对大眼睛往这边瞧。也许他看到了停下来的妈妈，便朝这边挥了挥手。

我说："是哥哥。"

6

我和妈妈坐进车厢。妈妈的眼睛一直盯着窗外，看上去很疲惫。我探头探脑，对周围的东西都很好奇，并且盼望着火车快点开。

就在这时候，车厢的喇叭突然响起来。先是发出一阵刺刺啦啦的声音，接着就喊妈妈的名字，让妈妈赶快到车站门口，有紧急事情。妈妈先是愣了片刻，接着便慌了神。她站在那里，瞅瞅行李架上的包袱，又瞅瞅我，由于火车很快就要开了，她一时不知道怎样才好。

刚才在站台上那个提着大铝壶、长得像大猩猩似的列车员突然闯进车厢。他喊一声妈妈的名字。妈妈刚一答应，他便像老虎似的扑上来，一把将我抱起，接着朝妈妈喊道："快跟我来。"

一种不祥的感觉紧紧地抓着我，我乖乖地趴在大猩猩列车员的肩头上，惶恐地盯着跟随在后面的妈妈。我看到妈妈一手提着一个包袱，奓巴着腿，踮着脚尖向前跑，像是尿到裤子里的模样。

拐过车站门口挡人的铁栅栏，我看到车站广场那边黑压压地围着一些人，爸爸开的那辆绿色的三轮摩托车停在一边，但我看不到爸爸和哥哥陈大宝。

远远地，我便听到人们说"来了来了"，接着，便自动让出一道豁口。透过这道越来越宽的豁口，我看到陈大宝躺在地上，爸爸低着头，蹲在他身边。

这时候，天空轰隆隆滚过一阵雷声，开始落下雨点。我"呀"地叫了一声。我看到了陈大宝脸上的血。

妈妈肯定也看到了，她的腿一下子软下来，她几乎是跪着爬到大宝身边的。她嘴里拼命地喊着："大宝大宝，我的儿，大宝大宝，我的儿……”

爸爸显得非常慌张，说话颠三倒四：“坐着好好的，咋就摔下来了呢？你们多亏还没走，咱马上就去医院……”

我哥哥陈大宝似乎是听到了妈妈的声音，他一直闭着的眼皮慢慢地睁开了。他终于发现，此时，自己确实是偎在妈妈怀里。他嘴角兴奋地抖动着。

我听到陈大宝说：“妈妈，这下子你不会走了吧。”

我哥哥陈大宝的声音很小，也许只有我和妈妈听到了。在妈妈的眼泪噼里啪啦地落下来的同时，我听到火车长长的汽笛声，可是，我脑瓜子里，呈现出的却是那只站在院墙上的大公鸡，它金光闪闪，引颈高歌。

守　　灵

天阴得厉害，到处都是灰蒙蒙的，雪花随时都可能从空中飘下。这样的天气已近半月，如果没有表，根本就分辨不清早晨、中午或者下午，时间仿佛凝固了。

在这种天气里，天宝已经晕晕乎乎了好几天，最后两天尤其厉害。在课堂上，他时常盯着一个地方发呆，别说老师讲课的内容，有时候上的是什么课，他也弄不明白。这 天上午，上英语课时，老师提问他问题，连喊了三遍他的名字，他也没有听到。为此，天宝在讲台旁边站了半堂课。下课后，老师走出去，同学们嘻嘻哈哈地窜到他身边，推他的胸脯，拍他的肩头，摸他的头发，说天宝，老师早就出去了，你怎么还站在这里发呆呀？

天宝想跟班主任请假，回宿舍睡上一觉，可他找不到请假的理由。班主任是一个严厉的人，如果天宝说他请假是想回宿舍睡觉，肯定会被他劈头盖脸地熊上一顿。天宝有些害怕他的班主任。再说，马上就要期末考试，别的同学熬夜学习，天宝却要大白天睡觉，这怎么说得过去呢？

下午的第三节课是体育课。在镇中学空旷的操场上，天宝变得愈加焦躁不安。他不时瞅一眼校门口。实际上，除了收发室的老头出来泼了一次茶，校门口那里一直空荡荡的。

操场上风不大，却是西北风，含着一股苦涩的咸味儿，尖利得如同刀子，不时旋起一团尘土，飘向正在打篮球的这帮学生。以往，天宝篮球打得不错，双方都抢着要他。可是今天，天宝站在球场上，却像根柱子似的，接不到球，也传不出球去，并且，球在他手里，时常被对方断掉，气得老黑直骂他：天宝，你中邪了！可是骂也不行，天宝无法把精神集中起来。他又一次把目光瞥向校门口。他看到那边旋起一团褐色的风，向这边吹来。

“天宝接球！”他听到老黑的喊声。他一回头，篮球正好重重地砸在他的鼻梁上。

天突然黑了，有星星升起来。天宝的身子晃悠两下，还是站稳了。接着，天又亮了。天宝发现同学们都围在他身边，正目瞪口呆地盯着他。

“哎呀，流鼻血了。”不知谁喊了一嗓子。

天宝的唇间，一股腥甜立刻弥漫开来。天宝掏出手绢，摁在鼻子上，说：“没事儿，你们接着打。”

天宝昂着脖子。他看到天空真的要黑下去的样子。他捂着鼻子，朝校门口的收发室走去。他流出来的鼻血开始变得冰凉。

天宝来到收发室的水龙头旁，把手绢从鼻孔上挪开，发现手绢已被鼻血浸透，冰冷黏腻。他把手绢丢在脚下，拧开水龙头。

“咋搞的，你这是？”

看收发室的老头伸出半个脑袋来。也许是天气阴冷的缘故，这老头光秃的脑门不再发亮，而成了一团皱巴巴的紫红色，像刚出生的孩子的皮肤。

天宝并不理他，只是一个劲儿地用凉水冲洗着鼻子。他觉得鼻子像是被冻成了一块硬邦邦的石头，却舒服多了。天宝抬起头，他没想到这个看收发室的老头把一团白花花的卫生纸递了过来。天宝愣了半天，因为在他心里，这个老头脾气暴躁，骂起人来像只牧羊犬似的。

天宝接过卫生纸，嘴里含糊地嘟哝一句什么。他把卫生纸卷成细卷儿，然后一个鼻孔里塞了一个。它们撅着，像一头野猪的獠牙。

天宝再抬起头，就看到了推着自行车，站在校门外面的二奔叔。他和二奔叔老牛似的目光碰在一起。

天宝什么都明白了。

“爷爷走了。”天宝说。

“什么？”看收发室的老头好像没听清楚。

“爷爷走了。”

天宝猛地扭过身，朝教室方向跑去。他的身后是一道腾起的尘土。他鼻孔里塞着的卫生纸卷儿，一抖一抖的，却异常紧实。

天宝把自行车骑得飞快。二奔叔一个壮年的小伙子，追他都有些吃力。

“天宝，你等等我。”

天宝稍稍一慢。二奔叔便跟上来：“天宝，你急啥？你看这路，疙疙瘩瘩的，你要闯进沟里，我咋跟你爹娘交代?"

天宝垂着头，并不看二奔叔。他的鼻子尖和脸蛋子都被冻得通红。

镇中学离村子五里路，平时一撒欢就到了，很远便能看到自家的房子。可是今天，天宝感到这五里路是这么遥远。骑到半路上时，天上开始飘起雪花。雪花比硬币还大，开始稀稀拉拉，很快便密不透风，一团团地扑来，你一噘嘴唇，就能衔住几片。很快，大地变得雪白。天宝被这雪的气势震住了，他真想一头从自行车上栽下去，在雪地里打几个滚儿。可如果这样，会把身后的二奔叔吓坏的。天宝只好张开大嘴，像头鲸鱼似的，而雪花就像一群群的小鱼，被他吞了进去。天宝闭上嘴，一股冰凉立刻从舌尖处化开，沿着舌的两边滑进喉咙，直直地滚进肚子里。

天宝的肚子咕咕地叫了两声。天宝这才意识到，他饿了。因为这时候，一股香味从村子里飘出来，透过密密的雪花，钻进他鼻孔里，尽管他的鼻子刚刚受过重创，但还是能准确地捕捉到各种气味儿。

一进村子，二奔叔的自行车便超过天宝。他回过头，面孔颇为严肃地对天宝说："跟在我身后。"

到了家门口，二奔叔下来车子，天宝也下来车子；二奔叔把自行车支在墙根底下，天宝也把自行车支在墙根底下；二奔叔拍打一番身上的雪花，天宝也拍打一番身上的雪花。然后，他们走进院子。

天宝发现，他家的院子里正有几个孩子在嬉闹，地上的雪被他们踩得湿乎乎黏腻腻的。几个包着头巾的妇女，在傍晚的昏暗中，缩着脖子，脸被冻得紫红紫红。她们麻木木地站在那里，正龇着黄乎乎的牙，盯着走进门来的天宝。她们的眼珠一动不动，如同玻璃做的。

"长孙天宝回来了。"

二奔叔朝屋里喊了一嗓子。天宝看到一团雪花在二奔叔的喊声中蓦地拐了个弯儿。

接着，哭声从屋里传出来。有的粗，有的细，有的高，有的低……天宝能从这些声音中，分出哪个是大姑的，哪个是小姑的，哪个是父亲的，哪个是叔叔的，哪个是母亲的，哪个是婶婶的……

在这些哭声中，天宝愣在屋门口。二奔叔躲开身子，朝屋里推了天宝一把。天宝还没回过神来，便被扑上来的两个姑姑抱住了。

“……爹呀，你最疼的孙子天宝回来了，你安息吧。”

“……爹呀，你不用再惦记着这个家了，你看，天宝都这么大了。”

“……爹呀，你就合上眼吧。”

“……爹呀，你看天宝这泪儿流的。”

……

天宝呆愣地站在那里，突然，一只湿乎乎的手使劲儿在他脸上抹一把，他的脸便湿了。他嗅到了股咸涩的气息，跟下午流的鼻血的味道差不多。

在黑乎乎的屋顶上，15瓦的灯泡散发着暗淡的光，就像一个巨大的蛋黄。柜子上，一根燃着的白蜡烛旁，几点香火上萦绕着几缕细细的灰线。天宝一下子想起小时候，爷爷带他在麦场上放风筝。当风筝飘起来时，那牵着风筝的线的姿态就跟眼前这香火上的灰线一样。而这灰烟所拉成的线上，牵着的肯定不是风筝。也许，它们正牵着爷爷的魂灵。

想到这里，天宝的心里忽地害怕起来，心想，这线可别断了啊。

这时候，母亲在后面推着天宝，边哭边说：“天宝啊，爷爷这么疼你，还不再看爷爷一眼，这可是最后一面了。”

天宝这才看到，在长长的木柜下面的暗影里，横放着一张窄窄的竹床，一块黑布盖在上面，在朝西的头上，露出一截灰毡帽来。下面盖着的是爷爷吗？天宝想，肯定是的。但如果是的话，爷爷的身体为什么显得这么瘦小？尤其是让这黑布盖着，天宝几乎看不出爷爷身体的轮廓。难道人死了，身体就变小不成？

“天宝，你倒是哭呀。”

母亲还在后面推他。天宝抬起胳膊肘，向后甩了一下。没想到，母亲被他甩了一个趔趄，身体撞在门板上，门板重重地响了一声，母亲差点儿摔倒在地。人们被天宝的这个动作惊住了。哭声立刻停下来，屋里顿时变得鸦雀无声。

天宝看到父亲愤怒的目光。天宝一扭身子，撩开门帘，钻进里屋去了。接着，身后便传来两个姑姑的哭声，并且，姑姑们的哭声比刚才响亮了许多。

天全黑了下来，透过灰蒙蒙的窗玻璃，雪花正像一群群的白蝴蝶在外面飞舞。里屋没有亮灯。在黑影里，天宝站在那把圈椅旁。在天宝记忆中，爷爷就跟一截木桩似的，天天坐在这把圈椅里。不知道多少个傍晚，就是在这样的黑影中，爷爷抽烟、喝水、咳嗽、吐痰。爷爷不喜欢说话，喜欢一个人坐在黑影里。天宝从来不知道爷爷的脑子里在想些什么。

自从爷爷生病后，家里就被这么一种沉默的氛围包裹着，压得天宝喘不过气。但天宝明白，爷爷活不了太久了。对于爷爷的死，天宝从来不敢往深处想。他有时候觉得，要是爷爷真的死了，他会流一大盆眼泪，哭得死去活来。可现在，爷爷果真死了，他却一滴泪也掉不下来。

天宝正想着，门帘“呼啦”一声被撩开，橘黄色的光线中，天宝看到父亲站在门口。接着，光线消失，父亲走进屋来。

“天宝。”爸爸的声音很低，但这低低的声音，却被一团粗气包围着。

天宝刚刚“哼”了一声，头上便挨了一巴掌。父亲如同一个拳击运动员，在黑暗中，拳头准确而有力地落在天宝身上，发出沉闷的声音。天宝有点蒙有点晕，但他咬着牙，不让自己发出一丝声音。

“好了，别打了，”一个声音从屋角里传出来，苍老而又疲惫，天宝听出那是奶奶的声音，“你想把他打死不成?”

“不懂事的东西。”父亲朝地上啐一口痰，撩开帘子，走出去。

“到床上来吧。”奶奶的声音异常平静。

天宝从地上爬起来。他摸一把脸蛋子，火辣辣地疼。他拍打拍打衣服上的土，摸黑来到床前。借着窗外雪花发出的青灰色的光泽，他看到两个床角上，一边一团黑影，这边是揣着手盘着腿坐着的奶奶，那边是一摞被窝卷儿。天宝爬上床，把头靠在被窝卷儿上。

“一张死人的脸，有啥好看的？人死如灯灭，一了百了。”

奶奶垂着头，自言自语，声音平淡，就像平时拉家常一般，但天宝知道，奶奶是说给他听的。奶奶的眼睛不好，但心里却像镜子似的，明明白白清清楚楚亮亮堂堂。

外面又传来一阵哭声，肯定是有人来吊孝了。但哭声很快便被厨房里传来的爆炒声替代，紧接着，香味儿如同又细又长的虫子，把触角伸进了天宝的鼻孔里。很快，天宝的肚子便有了反应，它咕咕地响了好一会儿。天宝心里很是不安，他怕奶奶听到他肚子里的声音。他使劲儿向里抽着肚皮，但这办法似乎并不奏效。

好在外面传来支书和村长的声音，天宝知道，厨房里的菜是为他们准备的。他们喝着酒吃着菜，商量爷爷的丧事。天宝就是不知道，现在，支书和村长的肚子里，是不是也跟他一样，发出咕咕的叫声。

“如今，人死了还不如原先。原先还能囫囵着躺进棺材，入土为安，如今可好，非得把你烧成一把灰……”

奶奶又在嘟嘟哝哝地自言自语。然而，这次天宝却只听了一点儿，他实在太困了，尽管他的肚子还咕咕地叫着，但他一合上眼睛，便无法再睁开。迷迷糊糊中，他似乎明白了自己为什么这几天总是坐卧不安，吃不好睡不着了。那是他有预感啊。他已经预感到这一天就要来到了。

灯亮了，天宝能觉得出来，但他无法睁开眼睛，天宝还知道，姑姑、婶婶，还有母亲都走进屋来。婶婶大惊小怪地说：“哎呀，天宝睡着了。”

有一只手放在天宝的额头摸了一把，说："没事。"是大姑。接着，天宝又觉得身上多了一层被子。但天宝还是不能睁开眼睛。

"这孩子，咋就一声不哭？"

"连滴泪儿都没掉。"

"真是，爷爷可疼他了。"

"你看，明儿个就火化了，寻思让他再看爷爷一眼，没想到他这么不懂事儿。"

"唉，孩子嘛。"

……

姑姑她们低声说着话。酒肉的香味儿不时地飘进屋，跟她们的声音混杂在一起，钻进天宝的鼻子和耳朵里。

随着一阵清脆的车铃声，天宝发现他正坐在自行车的前梁上。天宝听到身后爷爷的笑声。原来，爷爷正带着天宝赶年集回来。天宝回过头，看到"大金鹿"牌自行车后面的筐子里，驮着爷爷买的年货，当然还有给天宝买的鞭炮。自行车轧在雪上，发出咯吱咯吱的声音。阳光落在挂满雪花的树枝上，反射出一道道的银线，耀得天宝睁不开眼。整个世界冰清玉洁。天宝手里攥着一块甘蔗，心里说不出有多么高兴。天宝说：爷爷，等我长大了，我给你买好多好多甘蔗吃。爷爷说：到那时候，爷爷老了，啃不动甘蔗喽。天宝说：那我给你买肉包子吃。天宝又听到爷爷爽朗的笑声。天宝想回头看看爷爷，脖子却像被一只手使劲地卡着，无论如何也扭不过去。天宝猛地发现，骑自行车的原来是他自己。爷爷呢？天宝很着急。天宝四周看看，到处都是白茫茫的雪地。天宝，天宝啊。天宝突然听到爷爷在喊他。天宝，天宝啊。爷爷的声音苍老无力。天宝扔下自行车。他原地转了好几圈儿。可是，周围的土地全被大雪覆盖，雪白雪白，没有一点儿杂色。天宝，天宝啊……爷爷的喊声越显苍凉，但声音无比清晰。爷爷，你到底在哪里？天宝站在雪地里，泪水涌出来……

天宝一下子从梦中醒来，周围漆黑，静悄悄的。他似乎还在抽泣着，他拿手抹一把眼窝，干巴巴的，并没有泪水，可是，爷爷的喊声是那么清晰，让他揪心难过。

天宝坐起来。他的身边睡着两个姑姑。她们可能是白天哭累了，现在，她们的呼吸又深又沉。天宝悄悄地下来床。有一线光从门帘缝里透进来，天宝轻轻地挑开门帘，他看到了爷爷的灵床，那15瓦的电灯泡、白蜡烛以及香火，还一如白天，亮着燃着。香火的气息充满整个屋子。天宝抽抽鼻子，差点就打出一个喷嚏。天宝忙拿手捂住鼻子。

这时候，天宝听到了父亲的呼噜声。父亲躺在爷爷灵床一侧的草席子上，身上裹着狗皮棉袄，睡得很实。显然，父亲是在给爷爷守灵。论说，守灵是不能睡觉的，天宝想。然而，睡觉和死亡一样，谁又能挡得住呢？

天宝撩开棉帘子走出来。他来到爷爷的灵床前，双腿一弯轻轻地跪下。爷爷的新毡帽露出短短一截黑布，就如同一个溺水的孩子露在水外的头发似的。天宝把盖在爷爷头上的黑布轻轻翻开，爷爷姜黄色的面孔便出现在天宝跟前。天宝从来没有这么近又这么仔细地端详过爷爷。爷爷闭着眼睛，胡须被刮得干干净净，太阳穴上的那块黑痣也不再鼓胀，而是瘪瘪地贴在肉皮上。难道人一死，身上的所有东西都会跟着死去？也许吧，天宝想。

天宝又离爷爷的脸近了一些，这一下，他突然觉得爷爷的面孔有些生分。这是爷爷吗？天宝突然产生了怀疑，着地的膝盖向前蹭了一下。天宝就看到了爷爷下巴正中间的那颗痦子。小的时候，爷爷经常拿下巴蹭他的脸蛋，又短又粗的胡子扎得他痒痒的。天宝咯咯地笑着躲开时，总是能看到这颗痦子。这确实是爷爷。是啊，不是爷爷又是谁呢？

可是，爷爷是真的死了吗？天宝从来没见过死去的人是什么样子。眼前的爷爷，除了面色蜡黄之外，是那么安详平静，如同睡着了似的。天宝下意识地瞅父亲一眼，却见熟睡的父亲面相并不雅，龇牙咧嘴不说，嘴角处还挂着一线口水，并且，嘴里还不时向外噗噗地吹着粗气。天宝侧过脸，把耳朵凑近爷爷的鼻孔，却没有感觉到一点儿气息。

天宝伸出手，在空中停顿片刻。当靠近爷爷的脸时，手又离开了，但紧接着，手还是落在爷爷脸上。滑滑的，冰凉，干爽，同时，却如同胶皮一般僵硬。自从天宝觉得自己长大以后，就再也没摸过爷爷的脸。前年秋天，爷爷患了中风，半身不遂，天宝经常架着爷爷的胳膊绕着村子转，那时候的爷爷，再也没有了天宝记忆中那爽朗的笑声，而是一天天的愁眉苦脸，脸上的皱纹也越来越多。有时候，天宝真想伸出手去，帮爷爷把脸上的皱纹抹平。当然，天宝从来没有这样做。

现在，天宝摸了爷爷的脸。爷爷却一点儿反应也没有了。

爷爷真的死了。天宝似乎现在才确信爷爷是真的死了。让天宝无法接受的是，从今以后，他再也见不到爷爷了。

天宝嘴唇急剧地抖动着，手指局促地抚摸着爷爷的脸。天宝猛地发现爷爷的脸湿了，他忙把手拿开，有些不知所措地在爷爷的头顶上舞动着。

最终，天宝还是从地上爬了起来。他又瞅了父亲一眼。父亲的呼噜声还是那么响亮。屋外传来北风掠过树枝发出的吼声。天宝似乎听到奶奶在里屋发出了一声叹息。

天宝双手捏住黑布的两角。就在他要盖上爷爷的脸时，却又停下来。他猛地垂下头，拿嘴唇轻轻地亲了一下爷爷满是皱纹的额头。在他小的时候，爷爷不知道多少次亲过他的额头。可天宝却从没亲过爷爷一次。

这一次，当天宝的嘴唇碰到爷爷冰凉的额头时，内心却突然鼓胀起一团力量。他不知道这力量来自何处，但很快，这力量便化作一团结结实实的东西，压在了天宝的心底。天宝的心立刻稳了。他把黑布盖在爷爷脸上，然后又悄悄地退进里屋去。

天宝是在一片哭声中醒来的。他爬起床，瞅一眼窗外。金色的霞光落在白莹莹的雪上，刺得眼睛生疼。天宝趿着鞋，窜到屋外。

人们正在往外抬爷爷。满院子都是人，姑姑们使劲地往爷爷身上扑，却被人给生生拽住了。天宝知道，爷爷就要被拉到县城里的火葬场去火化了。

天宝愣愣地站在屋里，看着院子里的一切。他看到人们像水似的，跟随抬着爷爷的担架，很快便涌到街上去了。

突然，天宝像想起什么似的，几步便窜到院子里。他顺着梯子，爬到房顶上。

一夜的大雪，盖住了整个村子，到处都是白茫茫一片。在霞光中，几缕炊烟散淡地从屋顶上的烟囱里冒出来，很快，便消失在村子的上空。

一辆蓝色的卡车缓慢地驶出村子，穿过一片挂满雪花的树林，向西驶去。汽车的窗玻璃不时地闪一下金光，就像爷爷在向天宝挥手。天宝觉得，他和爷爷之间有一座肉眼看不见的桥，他们会经常在这座桥上见面的。

烟草汁

时间已接近中午，村子里有炊烟升起来。我和弟弟正穿过一片烟草地。弟弟光着脚丫，一只手提着鞋子，另一只手做成刀状，很不老实地劈向一张张宽大的烟草叶，有的烟叶断下来，落在潮湿的土坎上。空气中弥漫着一股呛人的气味，跟潮热的蒸汽混合在一起，叫人喘气都有些困难。

你的手老实点行吧？看着弟弟的样子，我就感到生气。我的头上顶着一片硕大的荷叶，用来抵挡强烈的阳光。

弟弟瞅我一眼，黑亮的眼珠里露出不满的情绪。他突然抬起腿，一脚踢向身边的烟草，随着一阵响动，有两片烟叶飘下来。弟弟没有看我，而是弯下腰去，拾起了两片宽大的烟叶。

他正在生我的气，可我也没有办法，捡不到传单只能怪我们运气太差。想到这里，我不再理他，自己赌气地向前走去。

那一年，捡到传单的人特别多，有人早晨一开门，就发现他们家的院子里有两张花花绿绿的纸片儿，攥在手里，纸片儿能发出响亮的声音。在那些光洁鲜亮的纸片上，有村里人从没有见过的高楼大厦和火车轮船。接着，东村的一个妇女又捡到了天上飞来的包裹，据说里面有铁盒装的压缩饼干和巧克力点心。当然，没有人会吃的，人们害怕里面有毒，那家人把它们喂了猪，猪吃后却安然无恙，那家人就开始后悔了。后来传来上面的通知，说捡到的传单一律上缴。开始，人们纷纷把那些花纸片儿藏起来，后来听说，如果上缴到大队部，大人可以得到一包“丰收”烟，孩子则可以吃上十块水果糖，于是，好多人又高举着传单，向大队部跑去，就怕去晚了，换不回烟或糖来。

对于我和弟弟来说，十块水果糖的诱惑力简直太大了，我们的口水都变得甜津津的了。

那天早晨，我和弟弟的心中充满着对水果糖的无比向往，穿梭在田野上，淹没在庄稼里，就像两只鹌鹑一样不停地奔走。我们的胳膊被玉米叶子刮出一道道伤口，一出汗，伤口便钻心地疼痛，可我们并不在乎，我们希望能发现那令人炫目的色彩，哪怕仅有一次呢。然而，眼看就要过午了，可我们一无所获。我们的脚步明显地慢下来。在经过这片烟草地时，弟弟的不满情绪终于发泄了出来。

实际上，我的失望要比弟弟强烈得多。因为早晨，我在弟弟面前吹下了大话。我说两张，那是少说，也可能是三张，四张，反正吃糖的时候，注意你的牙就行了。弟弟盯着我，眼珠如同刚刚洗过的葡萄，小鼻子不停地扇动着，黝黑的脖子上挂着晶亮的汗珠。

就在我为此感到羞愧的时候，我听到弟弟在后面喊我。

哥哥，甜的。

我回过头去，看到弟弟正把一块烟草秸放进嘴里，看上去，他正嚼得津津有味。一股呛人的味道立刻充斥了我的胸膛，我的胃里不停地翻滚着。我跑过去，一把打掉弟弟手里的烟草秸。我愤怒地盯着弟弟说：这是烟，长虫吃了都要死的，你不想活了是吧！弟弟的嘴角上还挂着一滴乳白的汁液，如同奶水一样，闪动着温暖的光泽。弟弟有些委屈：真的是甜的。

我的肚子开始咕咕地叫起来。我把荷叶从头上扯下来，随手甩在一棵烟草上，然后拽起弟弟的胳膊，穿过烟草地，向村子的方向走去。

当然，如果我们在村头上，没有碰到曹有根的话，那么，什么事儿都不会发生的。可事情就是这样，我们偏偏就碰到了他。

曹有根扛着一把铁锨，正从地里回来。他的手里攥着一张传单，正好朝我们走来。他龇着满嘴的黄牙，把传单举过头顶，朝我们晃过来晃过去的。

那是一张颜色黑乎乎的传单，有课本大小。

曹有根把它紧紧攥在手里，就像攥着一只大鸟，唯恐它飞走。他先让我和弟弟看上面的楼房，接着又让我们看那些怪模怪样的机器，说：你看人家那日子过得要多旺有多旺。

弟弟说：再让我看一看，再让我看一看。弟弟举着双手，蹦了好几蹦都没有够到。

曹有根说：想要是不是？这可是一包“大丰收”呀。

我和弟弟站在曹有根的面前，既好奇又羡慕。弟弟把一根手指头塞在嘴里，眼珠一动不动地盯着曹有根手里的传单。我想那时候，在弟弟眼前晃来晃去的，肯定不是什么传单，而是些花花绿绿的水果糖。

曹有根突然说：石头，前几天你在湾里挖泥鳅，挖出来两个手榴弹是不？

我说：那当然，两个没响过的手榴弹呢。我感到自豪，因为伙伴们都羡慕我，就连曹有根这样的大人也被惊动了，我心里自然高兴。我心里想：也就是那手榴弹的木头把糟了，否则的话……

我们换换行吧？

曹有根说：我拿这张传单，只换你一个手榴弹皮，别的我什么也不要，我想用它做一个煤油灯。

曹有根看我不吱声，就说：不换，那我走了。一个手榴弹皮，卖铁头也卖不了几分钱，可我这是十块水果糖呢。

弟弟用手指头戳了下我的腰窝，他的脸都涨红了。

我看到曹有根真的要走的样子，就说：换！

曹有根停下来，他回过身，两只小眼睛眯成一道缝。他一只手攥着肩头上的锹把，另一只手就像哄小鸡似的挥舞着，说：去，快回去拿，我在前面的槐树下面等你们。

我和弟弟开始撒腿往家跑。我跑得快，弟弟追不上我，在后面急得哇哇怪叫，他甩着胳膊，每只手里都握着一只鞋子，活像一只大鸟在不停地扇动着翅膀。

我把手榴弹放在墙角上的一个坛子里。那是一个用来醉枣的坛子，那时候它正好空着，我把手榴弹放在里面，坛口上盖着一块青砖。我把一只手榴弹从坛子里提出来。

弟弟说：曹有根只要弹皮，他又不要火药，咱们看看这里面有没有火药?

我想了想，弟弟说得不错，如果有火药的话，可以用玻璃瓶子装起来，等过年的时候，自己做鞭炮。再说，这可是真家伙，听他们说，这肯定是那些年打仗的时候留下来的东西。咱们这村子周围，可是打过多次仗的。

于是我掰掉了手榴弹上的木头把。那木头把早已烂透，稍一用劲儿，它就掉下来。弟弟又找来一根铁丝，我用力挖掉弹皮里面的木头，里面黑色的火药就露出来。我看看周围，顺手拽下一张爷爷挂在墙上的烟叶。烟叶早就被风干了，它黄黄的，薄薄的，跟一张纸似的，我把它铺在地上，然后，把黑乎乎的火药用铁丝抠出来，倒在上面。火药已结成块状，弟弟用手指头把它们一一碾碎。弟弟做得很认真，就跟玩一个什么游戏似的。

我们把传单攥在手里的时候，母亲正好走出胡同。她是出来找我们回家吃饭的，她看到我和弟弟晃晃悠悠地从远处走过来，劈头就熊我们一通：你们哪里去了？大人不喊，你们就不知道回来吃饭？我急忙把传单藏进衣服里。

我和弟弟龇着牙，脸蛋红通通的，似乎母亲不是在骂我们，而是在夸我们。我们的脸上依然洋溢着兴奋。弟弟双手卡着我的腰，把头抵在我的脊梁上，他的头一用劲儿，我就向前跑两步。后来他把劲头儿用在两只手上，他猛地一卡我的腰，我大叫一声，就窜出去。弟弟摔了个跟斗，母亲跟上去，顺势给弟弟来了一脚。母亲的嘴里还在不停地骂着，可弟弟并不在乎，他从地上爬起来，竟然笑出声来。

饭后，父亲去北菜园浇菜，我和弟弟也要跟着去，我们是想趁机跑出去，到大队部换水果糖。可母亲不让，母亲是怕我们去河里游泳。母亲说：老老实实地躺在床上睡觉，睡醒了愿意去哪里就去哪里。我们只好眼睁睁地瞅着父亲走出家门。

屁股刚刚贴到床沿，弟弟就说：再让我看看。于是我把传单从怀里掏出来，我们趴在床上，背着母亲，小声地指画着上面的东西。我能认出上面的好多字来，我一个一个地读给弟弟听，可弟弟对这些字并不感兴趣，他更关注的是那幢漂亮的楼房，那是一幢棕色的大楼，足足有十几层高。弟弟用手指轻轻地抚摸着光滑的纸片，手指从高楼的底部，慢慢地向上移动，慢慢地，眼看就要到达楼房的顶端时，他“哇”的一声，迅速张开十指，然后翻过身来，躺在床上，想要抱住什么似的，把胳膊向上面使劲地伸着。

我不知道弟弟当时想到了什么，也许是那纸片上的高楼把他给镇住了，因为在此之前，我和弟弟还从未见到一座真正的楼房。

是啊，就在弟弟伸了两只胳膊的同时，我的困意渐渐袭来，它迅速把我淹没在梦幻之中。也许是一上午不停地跋涉，我真的累了。可我在闭上眼睛的那一刻，我并没有去注意弟弟的眼睛。

我是在一阵嘈杂声中醒来的。先是砸门的声音，接着是母亲呼呼的脚步声，蝉鸣鸡叫，还有人们的喊声……在那一刻，我觉得所有的声音都是那么清晰，如同铁匠师傅落下去的锤子，绵远，悠长，富有磁性，震得我心里慌慌的。我睁开眼睛，看到的是空荡荡的屋子，弟弟呢？母亲呢？……谁都没在屋里，我迈着慌慌张张的步子，去寻找那些杂七杂八的声音。

我在我们家的院墙外面看到了他们。我看到有几个人伸着脖子站在那里，还有几个人蹲在那里，母亲跪在地上，怀里抱着弟弟。我不知道母亲嘴里喊着什么。他们的嘈杂声似乎形成一个巨大的气团，它阻止着我的脚步，使我走得很慢。我首先看到的是弟弟苍黄的脸，他的眼睛紧紧地闭着，嘴唇死死地抿着，头发上沾着草屑和泥土。我猛地看到了那张色彩灰暗的传单，现在它被弟弟紧紧地攥在手里。

我不知道谁朝我喊了一声：还不快去喊你爹。我愣怔片刻，才意识到父亲还在北菜园浇菜呢。于是我撒腿就跑，就像断线的风筝，飘飘忽忽的，脚步摇摆不定。我很远就看到了父亲的身影，他光着脊梁，汗水和古铜的色彩被阳光折射得闪闪烁烁。他的两只脚踏在井沿上，身子正一躬一躬地向上提水。我一边跑着，一边喊爹。可父亲就是听不到。在那一畦畦的白菜上面，父亲的身姿异常优美。他不动声色地重复着那一个动作，时光似乎被固定在那一时刻。

我知道弟弟是想从院墙上跳到下面的柴垛上，再从柴垛上溜下去。因为他看到我那样做过，我时常站在院墙上，回头看一眼院子里的弟弟，然后就像英雄就义一样跳到院墙外面的柴垛上。可我们家的院墙又高又窄。弟弟只有五岁。我知道五岁的弟弟是想躲过坐在门口织网的母亲，那样他就可以拿着传单，大摇大摆去换水果糖了。

父亲终于直起腰，并且手搭凉棚，向我奔跑的方向看来。接着，父亲扔下手中的水桶，走下井沿，他好像正在不慌不忙地点一支烟。那时候，我已经跑不动了。我在一片烟草地里停下来。我大口地喘着气，脚步跌跌撞撞地向前挪着。我使出最后一点力气，喊道：爹，快回家吧，弟弟从院墙上摔下来了。

父亲稍一愣神，接着抓起地上的衣服，一边穿着，一边向村子的方向跑去。父亲越跑越快，那姿势就像一只巨大的鸵鸟，他的身后，是一道尘土形成的黄线。我盯着那道越来越长的黄线，双腿不停地哆嗦着，它已无法支撑我的身子，我跌倒在烟草地里，身子压断了一根烟草。我看到烟草秸的断茬上，冒出一层亮晶晶的水珠，慢慢地，它们变成了白色，汇集在一块儿，就像浑浊的眼泪一样，滴落进潮热的泥土里。

好在那次，弟弟并无大碍，只是重重地摔了一下。然而，许多年过去了，我还清晰地记着那个午后。

那个弥漫着烟草气息的午后。

红鲤鱼

孩子看到红鲤鱼的那年，大概是六七岁吧。可他跟着爷爷奶奶在葡萄园里已经生活了两年。

爷爷的葡萄园紧靠河边。河叫马颊河，水清得能看到小鱼在水草中乱钻。在孩子的印象里，那条河很宽很宽，宽得看对面坝堤上的人像小虫在缓缓地爬，汽车摩托车像小鸟在缓缓地飞。孩子生活得有滋有味，夏天有鱼吃，秋天有葡萄吃。孩子喜欢上了这个地方。

这一年是第三个年头了。爷爷又在葡萄园里养了蜜蜂。这里四周全是树林子，洋槐、垂柳、钻天杨，纠缠在一块儿的灌木丛，偶尔也能见到一两棵合欢树。树林茂密地盖住了河堤，咋看也看不到头。奶奶说，蜜蜂就喜欢树林子。奶奶还说，别走远了，林子里有狼呢，狼专吃小孩。

于是，孩子就不敢钻树林子。孩子爱到河边玩，河边上有蜗牛壳儿，还有一种潮潮的腥味，孩子很喜欢这种味儿。河边上还能看到大片大片的蓝天，有时候，孩子攥着柳条儿，坐在河边上，能看到小鱼在蓝天上飞，小眼睛瞪一瞪，摆摆尾巴，就又欢快地飞走了。孩子也想飞，但飞不起来，孩子一生气，柳条使劲儿抽在水里，天就破了，鱼就没了。

奶奶会在远处喊他。奶奶只要一听见河边有动静，便在远处喊他。奶奶的声音很愤怒。奶奶多次跟孩子讲，要是在河边上看到红鲤鱼，千万别下手去抓，更不能下水。

孩子说："为啥？"

奶奶说："红鲤鱼是龙王爷派来的，龙王爷想吃小孩了，就叫红鲤鱼来抓。"

孩子说："要是黑鲤鱼呢？"

奶奶说："黑鲤鱼也不能抓！"

孩子说："那为啥？"

奶奶不理他。奶奶养了一群老母鸡，她把它们放在林子里吃蚂蚱。老母鸡在院子里咕咕一叫，奶奶就要去拾鸡蛋了。

孩子来缠爷爷。爷爷蹲在篱架下给葡萄苗定枝抹芽。爷爷的手指头又粗又黑，上面裂着几道血口子，孩子看了心里疼疼的。爷爷干起活来利落得很，两个指头往上一凑，啪一声，枝断了，比剪刀还快。

“爷爷，你见过红鲤鱼吗?”

“见过，爷爷当然见过红鲤鱼。”

“红鲤鱼会吃人吗?”

“红鲤鱼不会吃人，红鲤鱼可爱极了。”

孩子很纳闷，奶奶说红鲤鱼那么可怕。爷爷却说红鲤鱼可爱极了。大人的话真是想不透。孩子还想问爷爷什么，但说不出来。孩子皱起眉头，斜着眼儿瞅一只鸟在天上飞。孩子还是相信爷爷的话。孩子也是觉得红鲤鱼可爱，跟天上的鸟一样可爱。孩子知道奶奶是在骗他，他在动画片里，没看到龙王派红鲤鱼来抓过孩子。

傍晚，孩子跟爷爷去河边洗手。太阳把所有的光都倒进河里，河水金光闪闪，耀花了孩子的眼睛。孩子看到河上面归巢的鸟儿都变成金色的了，高兴地拍起巴掌。

“爷爷，河里有金子吗？”

“有。”爷爷说：“河里全是金子。”

孩子又纳闷了，本来是随便问爷爷的话，没寻思河里会真有金子。爷爷说有，那肯定是有了。

“那爸爸妈妈干吗不到这儿来淘金子呢？”

“他们看不到，这儿的金子只有爷爷能看得到。”

孩子很失望，孩子想：要是爸爸妈妈能在这里淘到金子就好了。瞅着渐渐暗下去的天空，孩子想起爸爸妈妈来了。孩子很想他们，很想很想。可又有什么办法，他一淘气，奶奶就吓唬他：你爹妈都不要你了，你还闹呢。可孩子知道，爸爸妈妈是没有办法，才让他跟着爷爷奶奶的，他们整年住在城里，怎么能让他跟着呢？但孩子的心里还是挺骄傲的。爷爷说，爸爸妈妈都在城里淘金子。孩子知道金子是啥东西。可孩子不知道为什么非得要到城里才能淘到金子。

捕鱼的孔大个子领着他小儿子时常来跟爷爷拉呱。他的小儿子叫憨牛。憨牛不喜欢穿衣裳，总是光着屁股。憨牛的皮肤黑黑的，上面生着一圈圈的花斑，像鱼鳞，总是有股鱼腥味儿。孩子很喜欢跟他说话。

“俺爹能捕这么大这么大的鱼。”憨牛把两只胳膊都伸到身后去了，“你爹是干啥的？”

“我爸爸是淘金子的，金子，你见过吗？哼，黄澄澄的。”

憨牛把眼睛瞪得溜圆，眼珠都快掉下来了。过了一会儿，憨牛吞吞吐吐地说：“你爸爸再回来，你能给俺也要块金子吗？”

“行。”孩子骄傲得红光满面。孩子喜欢看憨牛求他的样子。

晚饭的时候，奶奶用一个蓝色的小碟子盛了蜂蜜，放在孩子面前。孩子嘴巴往前一伸，哧溜一口，蜂蜜下去了半碟。

奶奶说：“慢着点吃，不怕甜掉牙。”

爷爷就嘿嘿笑。

孩子闭着眼睛，枣花香味儿，槐花甜味儿，一个劲地往牙缝里钻，美极了。

饭后，孩子在葡萄架下展开草苫子，躺在上面，奶奶坐在身边，用蒲扇撵蚊子，爷爷泡了壶茉莉花茶，坐在小方桌后面，叼着烟袋，哼着小吕剧。林子里不知疲倦的蝉还在唱，河边传来青蛙呱呱的叫声，一股清爽的气味从葡萄园里吹来。

“爷爷，看会儿电视吧。”孩子说。

“看啥电视，没好节目，浪费电钱。”奶奶吼一嗓子。

爷爷和孩子没再吱声儿。他们住的小屋里有一台小电视机，黑白的。奶奶高兴的时候，爷爷会把小电视搬到外边来，放到石头台子上，尽管里面的人不时地蹦跶两下，但孩子还是喜欢看。可是，奶奶大多数时候都不高兴。

孩子只好缠着爷爷讲故事。

讲故事前，爷爷总是琢磨一会儿。透过缓缓飘动的蓝烟，孩子看不清爷爷的脸。当然，爷爷的脸孩子再熟不过。那张脸是紫黑色的，奶奶经常说它像高粱面饼子。奶奶生气时就骂爷爷：看你这张饼子脸，像在锅帮上烤了三天。孩子没见过高粱面饼子，但孩子想，奶奶说得不对。爷爷的脸上有千万道皱纹，稀稀拉拉的胡子茅子草似的从那一道道皱纹里钻出来，爷爷出汗的时候，它们上面都挂满一颗颗的汗珠子，像百货店里的冰糖豆。对，就像冰糖豆。

孩子从爷爷那里知道了很多东西。爷爷讲起故事来有板有眼，他从爷爷那里知道这个地方曾经来过鬼子。爷爷说鬼子的脸雪白雪白的，煮鸡放糖不放盐，甜得叫人受不了，他们光抓老百姓的鸡吃。孩子就很害怕鬼子。孩子想，奶奶养了这么多鸡，要是鬼子来了可就麻烦了。不过，爷爷说那是许多年前的事情了，爷爷小时候也没看见过鬼子，爷爷说他的爷爷见过。孩子没见过爷爷的爷爷，孩子想半天，他还是最害怕林子里的狼。孩子倒想在河边看到红鲤鱼，他不害怕红鲤鱼。

孩子最爱听爷爷讲的田螺姑娘的故事。爷爷说，那时候马颊河边上住着一个勤劳善良的小伙子，他种着好多好多的玉米和大豆，他还常常帮着老人们去干活，每次从田里回来，他都累得躺在炕上爬不起来，有时候饭也不做了，就饿着肚子睡着了，可有一天，他从田里回家后，看到锅里冒着热气儿，他掀开锅盖一瞧，呀，饭都做好了，全是他爱吃的。打那以后，他每天回到家里，饭总是热的。可他不知道是谁做的呀。有一天，他假装去了田里，其实他是藏在窗户下面。当他闻到香味，伸出头来从窗户往里一看，嘿，是一个漂亮的大姑娘，正笑着做饭呢。小伙子一高兴就闯了进来，可姑娘却被吓坏了，一着急，现了原形，原来她是一只大田螺。讲到这里爷爷便停下来。

“后来呢，爷爷，后来呢?”

“后来小伙子就娶了田螺姑娘做媳妇了。”

“爷爷，田螺姑娘还有吗?”

“没了，田螺姑娘没有了，小伙子也没有了。”

透过葡萄叶的缝隙，有几颗星星漏下来。孩子眨巴着眼睛瞅星星，星星眨巴着眼睛瞅孩子。这时候，孩子突然看到天上飞来一团亮亮的东西，并且越来越大，越来越亮，像过年时放的烟花，又像一个仙女拖着长长的裙子。

“爷爷，看，那是什么?”

爷爷和奶奶都站了起来，他们在黑影里张着大嘴。

爷爷说：“老天爷，是扫帚星啊。俗话说，扫帚星，死朝廷啊。”

“啥叫朝廷啊?”

“朝廷就是皇帝。”

孩子明白了。皇帝他见过，皇帝经常从电视里冒出来，戴着圆圆的帽子，留着小胡子，走路风风火火。孩子还想到那个“小燕子”姐姐，要是皇帝死了，小燕子姐姐肯定高兴，她总是和皇帝叽叽喳喳地吵架。想着想着，孩子便睡着了……

孩子醒来时，阳光已从窗户照进来，落在他光溜溜的身上。刚刚睡醒了想尿尿呢。他听到鸟儿在屋后面叫得正起劲儿，院子里公鸡正扑棱棱抖翅膀。很远的地方传来拖拉机的突突声。院子外面似乎有一些人在说话。孩子一骨碌身爬起来，跑到屋外。

原来是护林的老莫来了。孩子很高兴。老莫有猎枪，老莫的个头不高，但他的猎枪很长很长，枪管亮亮的，枪口又黑又深，冷森森的，孩子总是离得很远才敢瞅枪口。孩子又想摸摸他的猎枪了。但孩子又想到，这都是两年前的事情了。上面不允许个人有枪，老莫便把枪缴上去了。

老莫跟爷爷蹲在架葡萄的柱子下面抽烟，他们谈论着孩子不关心的事儿。孩子还在想着老莫的猎枪。孩子趴在地上，闭着一只眼，瞄着准，做出扣扳机的动作，嘴里还砰砰地响着。

“娃，想上学不?”老莫突然问他。

“不想。”

“为啥不想上学?”

孩子不吱声，心想，上学有什么意思。

后来，孩子听明白了。老莫是来跟爷爷商量孩子们秋后上学的事。老莫有个儿子，叫黑根，今年都八岁了，再不上学就过了年龄。老莫很着急，就来找爷爷，打算叫孩子跟黑根一块儿去上学。

孩子见过黑根。爷爷带他去过老莫家。其实老莫家离这儿不远，只是隔一道河堤。老莫家在路边上。他家里收旧破烂，是个废品收购站。黑根的脸很黑，眼珠子白的多，黑的少，穿着一条大裤衩子，坐在一堆废旧的黑皮子橡胶轮胎上。太阳很毒，他家院子里充满一股熟橡胶味儿，黑根坐在那里一动不动，他的白眼珠子紧盯着孩子。孩子有些害怕，紧抓着爷爷的衣袖子。还有，老莫的女人是个疯子，她整天被老莫关在一间屋子里，屋子的窗户被老莫封死了，里面黑得吓人，人们经常听到从里面传出狼一样的号叫。

“奶奶，孩子为啥都要上学?”

“不上学就变成野孩子了。”

“你和爷爷都上过学吗?”

“都上过学，哪有孩子不上学的。”

孩子有些不服气，他不明白孩子为什么都要上学。他走进树林子里拾蝉蜕去了。孩子已经拾了很多蝉蜕。蝉蜕可以入药，蝉蜕多了，爷爷就带到镇上去卖钱，奶奶说，攒足了钱，秋后给他买个书包。孩子不喜欢奶奶说的话，可奶奶偏要说。

这一天中午，太阳很毒，树林子里又潮又热，孩子一只手里提着篮子，另一只手里攥着根竹竿，磕磕绊绊地在树林子里转悠着拾蝉蜕。孩子热得浑身湿漉漉，脑袋晕晕乎乎，可他不敢脱衣服，林子里的蚊子很厉害。孩子实在是受不住了，就往河边靠去。

孩子走出林子的时候，正好起了一阵风，舒服极了。他撒腿往河边跑。河边上有一棵老柳树，孤零零的，有一半的根裸露在外面，有一条很粗很长的根，弯弯曲曲的像条巨蛇爬着似的钻进水里，孩子把篮子和竹竿往树下一放，一屁股坐在树根上，脚下面就是河水了。河水绿盈盈的，有一只蜻蜓沾了下水面，又飞走了。

周围很静，蝉声显得很遥远，阳光直直地砸在他脑门上，脑门上渗出了一颗颗的汗珠儿，太阳穴突突直跳，他又闻到了那股潮潮的腥味儿。他先想到憨牛，接着又想起黑根。他想黑根准又坐在他家那堆黑橡胶轮胎上一动不动地晒太阳呢。他想到黑根，就闻到一股熟胶皮味儿。他想黑根的眼珠真怪，白的那么多，黑的那么少，一点也不像个好孩子。他想到过些日子自己要跟黑根一块儿去上学，心里很泄气。

但他没想到一条红鲤鱼会在脚下的水里出现，他一泄气就把眼光放进了水里。

他看到了红鲤鱼。

孩子把嘴巴张得好大好大，心就要从嘴里蹦出来了。

红鲤鱼真是漂亮极了，红须子红尾巴红鳞片。红鲤鱼斜一斜身子，水里鲜亮亮的一片。红鲤鱼的两条红须子动了动，两只玻璃球似的红眼珠转了转，又甩了甩红尾巴，就想游走。

孩子想，红鲤鱼红鲤鱼你别走呀，我还没看够呢。但红鲤鱼像跟他赌气似的越游越远。

不知不觉中，孩子钻进了水里。水温乎乎。透过几根稀疏的水草，他看到红鲤鱼就在前面，孩子想，我也变成红鲤鱼了，于是，他学红鲤鱼的样子，也摆动着身子，但两腿不听使唤。他拼命地划呀划，但身子还是往下沉。孩子憋得难受，想，红鲤鱼咋就不憋得难受呢？这时候，孩子感到有什么东西往水里拽他，他的眼前渐渐变黑。他看到身边有很多红鲤鱼，它们都摆动着红尾巴，瞪着红眼珠，伸出小嘴来亲亲他，弄得他痒痒极了。孩子挺挺身子，发现自己正往水里游去。一种恐惧感猛地钻进他的脑袋，他嘴里哇哇地叫着，猛地想起奶奶的话来，他害怕极了。红鲤鱼肯定是来抓他喂阎王爷去。孩子一着急，一下子把身子直起来，猛一抬头，看到不远处的大树根，他使出浑身的力气扑过去，一把攥住了树根。身子稳了。

孩子听到了蝉声，感到了阳光，闻到了潮潮的腥味儿。他肚子胀胀的，心怦怦跳，像敲小鼓。

……

不知过了多久，奶奶的声音好像从很远的地方飘来，又好像从水的深处如气泡似的冒上来。孩子听到了，轻轻地喊一声：“奶奶。”

奶奶笑了，手里的锥子还在晃着圈儿。

消失的父亲

大雨下了整整一夜，那天早晨，没有丝毫要停下来的样子。枣树遮住了我的视线，在枣树那边的院墙上，我看不清那来回摆动的东西是什么。那是八月，但天气潮湿阴冷。我坐在门旁的蒲团上，周围的潮气挟裹着父亲的呻吟，弄得我心里湿漉漉的。

枣树下面，只有鸭子欢快地舒展着翅膀，做出飞翔的姿势。它们的嗓门也真够大的，有几次，竟然盖住了雨声。但无论如何，它们却盖不住父亲的呻吟。

父亲得的是一种怪病。一年来，他不知道拜过多少家神仙，求了多少种偏方，喝下去多少碗药汤子，但他的呻吟声却从来没有停止过。父亲的胳膊上腿上腰上背上，生出许多灰褐色的花斑，它们就像长虫似的定时蜕皮，就像鱼鳞一样的僵硬，有时候，它们如同一片干旱了一个月的土地，龟裂出一道道深深的口子，红色的血，黄色的脓，散出着一股黏稠的气味，就像鳔胶似的，从父亲的身体里流出来。

痒啊！夏天的夜里，父亲光着脊梁，坐在黑暗之中，手里攥着一个玉米瓤子，在身上不停地刮呀刮。父亲的嘴里哼着那种哭哭啼啼的京腔，以此来掩盖他的痛苦，可父亲并不知道，这种声音传到别人的耳朵里，那是一种什么滋味。

不知道从什么时候，父亲变得沉默不语，即便是去田里干活，他也是选择早晨或晚上。他头发稀疏枯干，脸色蜡黄，跟人打招呼的时候，更是畏畏缩缩，底气不足。

在夜色中，父亲消瘦的身子每次轻飘飘地闪进门来时，我都想上前扶他一把，本来他的腿脚就不好，我怕他倒在院子里，摔破他干硬的皮肤。后来，父亲把自己关进一间屋子里，如果没有什么事情，他是不会出来的。他也不喜欢别人走进他的屋子，当然，别人更不想走进去，因为屋中的那种气味儿，是谁都受不了的。

是的，我要说的是那天早晨的事情。那天早晨，我坐在门旁的蒲团上，泥腥味儿不时地钻进我的鼻子，我穿着母亲的一件厚衣服，在等待母亲回来。母亲去菜地里摘豆角，她让我和弟弟坐在门口等她。母亲说：中午我们吃炖豆角。所以，我们家的门一响，我就认为是母亲回来了。这时候，我听到屋里的父亲咳嗽了一声。

可是，当我抬起头来，看到的却是爷爷。爷爷并没有穿雨衣，他的全身都湿透了，褂子紧紧地贴在脊梁上，已经破得遮不住皮肉。

爷爷光着脚丫子，挽着裤管，气呼呼地问我：你爹呢？我知道爷爷是从河边回来的，因为我闻到了浓浓的鱼腥味儿。爷爷喊：大官。大官是父亲的小名。我听到父亲的屋子里猛地有了动静。爷爷走上前去推门，可父亲屋子里的门是插死的。爷爷火了，骂：你还有脸躲在屋里，我一共就三架网，已经让大水冲跑了一架，你咋还有脸躲在屋里！

爷爷骂完，头也没回就走了。爷爷走起路来，腰杆儿直直的，稳当得很。

是的，那时候，爷爷在河里下了三架“绝户”网。所谓“绝户”网，就是不管多大的鱼，只要进去就不会再出来，等待它们的只能是死路一条。当然，网的价格就不用说了。那天的大水，冲走了爷爷的一架网，爷爷能不着急？

爷爷刚走一会儿，父亲就从屋走出来。父亲穿着一件厚厚的褂子，比起前几天，父亲似乎又瘦了一圈。父亲换上雨鞋，披上一块塑料布，一瘸一拐地钻进雨里。他还没有走出两步，就滑了个趔趄。父亲稳一稳身子，然后变得有些小心，他抱着膀子，弓着腰，头向前探着，小心翼翼地走出家门。

雨声小了，父亲的呻吟声也没有了。可我的心里，却有一种从未有过的难受。我一会儿站起来，一会儿坐下去。一种挥之不去的阴影变得越来越厚实，它笼罩着我，使我再也无法在屋里待下去，于是，我撑开我们家唯一的一把破油布雨伞，犹犹豫豫地来到街上。雨水无声地钻进黑黄的草堆，街上弥漫着一股猪粪的臭味儿，臭味儿驱走潮湿的寒意，使我清醒许多。一种强烈的预感使我加快脚步，我几乎是小跑着穿过村庄，穿过就要成熟的玉米地。道路两旁被雨水冲刷过的小枣鲜亮红润，但它们无法让我停下脚步。我扑哧扑哧地踩着泥水，那一刻，恐惧使我忘掉了一切。

我似乎看到了父亲的背影，又似乎看到了父亲的眼睛。那疲惫的背影，那忧郁的眼睛，它们在我眼前交错不停地闪现着。我还记得有一次，我看到父亲把光秃的头偎在被摞上，瘦弱的肩头上生满灰白色的疤痕，就像一条垂死的鱼似的静静地躺在那里。

那天，我有一种急切的心情，就是想帮父亲去拉网。父亲身上的力气，被他的怪病消磨去了许多，在雨中，他很难把一架又长又大的“绝户”网拉上船来。

我想和他一块儿站在船上，即使我用不上力气，可我也能稳一稳晃晃悠悠的小船呀。想到这里，我就在雨里跑起来。高耸的河堤越来越近，我的心跳得越来越厉害，直到跑到河堤下面，我才停下来喘一口气。我知道，我和父亲仅是一堤之隔了。

那年我只有十一岁，可我觉得自己就像一个小伙子一样浑身充满力气。我心里激动着，我想我肯定能帮父亲做很多事情。雨水似乎细了一些，它们落在地上，悄无声息。四周流动着一股庄稼发出来的潮霉气味儿。一阵风吹来，我禁不住打了个冷战。我踩着烂泥，沿着布满车辙和脚印的堤坡向堤上走去。

当我站在堤坝上的时候，河里的一切尽收眼底。

河水暴涨许多，几乎淹没了一些即将成熟的玉米。浑浊的黄水冲击着堤岸，泛起的泡沫形成一条长长的白线。我首先看到的是爷爷，他在南岸附近，正蹲在小船上收拾着渔网，看来那条渔网已经保不住了。然后，我顺着爷爷的渔船向西看去，我看到父亲站在另一条小船上。

是的，我确实看到了站在小船上的父亲。可是，只一瞬间，父亲便从小船上消失了。

真的，我只是眨了眨眼睛，眼前的一切却变成另一番样子。我看到一条大黑鲤鱼从浊黄的水面一跃而起，它在空中划出一道漂亮的弧线，然后一头扎进水中；我看到水面圆形的波纹很快就被浪花抹平了，捆着两个橡胶轮胎的小船晃了几下，便归于平静。

我无法相信我的眼睛，瞬间内发生的事情让我铭记一生。当我把张得大大的嘴巴合上的时候，我想起了我的父亲，我的忧伤的父亲。

父亲的失踪很快震惊了村子。人们沿着泥泞的河岸，寻找了三天三夜，几乎到了海边，但除了捞起一些死狗烂猫的尸体外，人们什么都没有发现。

后来我说，你们别找了，他变成一条大黑鲤鱼，游走了。

人们盯着我，那种目光，肯定是觉得我神经出了问题。可是，我的确是这样认为的。

随后的三个月里，爷爷在河的下游进行了无数次的寻找，他甚至把草窝和芦苇荡都找遍了，但连父亲的一根毫毛都没有发现。

我看到爷爷满面的皱纹和花白的胡子，看到爷爷从下游归来后，那种失望的眼神，就跟爷爷说：别找了，他真的变成了鲤鱼。

看不到的照片

十岁之前，我从没有照过相。我们家镶相片的镜框里，只有爷爷和一些我不认识的人的相片，对了，还有父亲和母亲的一张合影，相片很小，在镜框的右下角。父亲和母亲的胸前戴着毛主席像章，手里各拿着一本红宝书。他们脸上的笑容，是我以后没有见过的。那时候，他们也许是幸福的。奶奶说，那是他们的结婚照。

我第一次照相，是在十岁那年的冬天。

那年冬天，我们村来了一支地质队，他们开着好几辆大卡车，还有一辆小吉普。他们的车队浩浩荡荡地开进村子时，整个村子都沸腾了。汽车轰轰隆隆的，掀起的尘土有几丈高。村里人没见过这种阵势。

他们是来找石油的。

我记得我们整天追在汽车屁股后面跑。那些人神气得很，穿着皮鞋，留着大分头，扛着怪模怪样的仪器，背着电线，整天吃白面馒头和大鱼大肉。有一个人还吃生鸡蛋，他把鸡蛋拿起来，在盆沿一磕，然后昂起头，张着嘴，大拇指轻轻一动，蛋黄闪一下，就溜进嘴里，紧接着，喉结上下一滚，整个儿鸡蛋就吞进肚里。那是我第一次看到吃生鸡蛋的人，我张着大嘴，好半天没缓过劲来，我太吃惊了，比他们的车队开进村来的那一刻还要吃惊。

后来我知道，那个吃生鸡蛋的人叫大仙。大家都这样叫他，喊他大仙大仙，他就答应。这个叫大仙的人住在我们家，我奶奶把偏房收拾出来，他和一个戴银镜的人就住了进去。他喊我奶奶老房东，喊我小房东。

有一天中午，我放学回家，一进门，看到大仙正在院子里摆弄一架照相机。开始我还不知道那是一架照相机，我问大仙，我说，这是什么？照相机。大仙很神气的样子。我记得那天天气很好，阳光洒在我们家院子里，到处都是暖洋洋的。在阳光下，大仙手里的照相机黑黝黝的，显得特别神秘。

每次村里有来照相的，我总是跟在人家屁股后面串了这家串那家。那些人的照相机，就像一个箱子，外面只露出一个黑乎乎的小镜头，跟个独眼龙似的，用一个架子撑着，后面是一块黢黑的布，照相的人钻进黑布去的时候，我就蹲在人家裤裆里往里看，可里面漆黑一片，什么也看不见的。我纳闷，那个照相的人轻轻地捏一下手里的橡皮球，外面的人怎么就能进去呢？真是怪怪的。那时候，我对照相机有一种很特别的亲切感，对照相的人也有一种发自内心的敬佩。所以大仙一说是照相机，我一下子就愣住了。

我没想到照相机会突然出现在我们家的院子里。我跟大仙说，我看看行吗？大仙说，怎么不行？说着，大仙把照相机递过来，我为此激动得面红耳赤。我小心翼翼地接到手里，拿食指轻轻地抚摸着那黑黑的散发着温暖气息的小东西。大仙又把相机上的黑皮带子套在我的脖子上，他捧着我的双手，把照相机举在我眼前，让我看照相机上面的一个小孔，透过那个玻璃小孔，我看到了另一个世界，那是一个缩小了的世界，是一个蓝幽幽的神秘的世界。我看到了我们家院子里的枣树，它们光秃秃的，有点像小人书上的海底植物；我看到了磨盘，看到了挂在窗棂上的农具；我看到了掠过天空的一只小鸟……是的，我得感谢大仙，这个吃生鸡蛋的人，是他让我看到了世界的另一番模样。

后来大仙说，我给你照张相吧。一种突如其来的幸福感让我不知所措。我把书包扔在一边，有些忸怩、有些羞涩地挪到枣树下面。阳光炙烤着我的脸，我的全身热烘烘的，有一股甜腥腥的气味儿笼罩着我。我的脸就要爆炸了，真的，那一刻。

大仙开始是蹲在地上的，他把手中的相机上下左右地摆弄半天，说你笑一笑，别这么紧张。我不知道我笑了没有。后来大仙干脆单腿跪在地上，在相机后面，他的脑门光闪闪的，给人一种汗水就要淌下来的感觉。

他说，别动，别闭眼，别紧绷着嘴唇。然后他的食指轻轻一动，说，好了。如果再不好的话，我想我就要哭了。

大仙走过来，他拍拍我的后脑勺，说，你放心，我拍的相片，绝对很棒。说着，他从上衣兜里掏出来一张相片，说，看看，这就是我拍的。我看到了一个姑娘，她坐在一块石头上，身后是一片湖水。她双手托着下巴，眼睛大大的，长得很漂亮。我很羡慕地看着大仙，说，她是你媳妇吧。我发现大仙的脸“腾”一下红了。他支吾了半天，我也不知道他说了些什么。

那天下午上课，我的脑瓜子老是走神。老师问我问题，我根本就没听到。老师罚我站，我站在那里，还是走神儿。相片上的我是个什么样子呢？我后悔没有洗把脸，后悔没换上件干净点的衣服，后悔没笑一笑。那天下午，我站在教室里，显得心事重重。

晚饭的时候，奶奶蒸了一锅热地瓜。我偷偷地抓起几块，用碗盛着，又去了大仙的屋里。大仙正躺在床上看书，他看到我端着一碗地瓜走进来，就坐起来，让我坐在他的床沿上。他边吃着热地瓜，边说着客气的话。我看到那架相机还放在大仙的箱子盖上，在灯光下，它仍是黑黝黝的，就像一个机器人一样神秘。大仙好像明白了我的意思，他说，等到我进城去的时候才能把照片洗出来。

我有点儿失望。大仙的眼神儿飘忽不定，一点儿也没有把事儿当真的感觉。我想让他给我说个准确的时间，那样的话，我的心里就有了底。可大仙的兴趣并不在照相机上，他开始问我村子周围有没有野兔子，池塘里的鱼多不多。看来，他对吃还是有一些研究的，因为他说他一宿可以套五只野兔；砸开冰块，他一会儿就可以弄出两条鲤鱼来。他问我吃过烤麻雀没有，我摇摇头。他问我想不想吃，他说烤麻雀好吃极了。

我不知道怎么去回答，我只是眼巴巴地盯着他狼吞虎咽地吃掉一块块热地瓜。

有几天，我常站在相片镜框子前发呆。我想如果我的相片洗出来，我该抽掉镜框里哪张相片呢？爷爷的不能抽，父亲和母亲的合影不能抽，当然，也只能抽掉那些我不认识的人的相片。我就问奶奶，我指着那些发黄的照片，那些我不认识的人，我说，奶奶，你知道这个人是谁吗？奶奶说，那是你老爷爷，跟你老爷爷坐在一块的那个人，是当时的县长呢。我老爷爷，我的老天爷！我吐吐舌头，又问奶奶其他那些人。奶奶就指给我说，那个穿军装的是什么爷爷，那个戴礼帽的是什么爷爷，那个戴着小眼镜的是什么爷爷，反正全是爷爷。后来，我突然有些害怕，我想他们可能都已经死掉了吧，可他们在相片上，却还是那么活生生的，他们拿眼睛盯着你，从那些眼睛里面，都还能发现闪闪烁烁的光泽。难道他们不是一群活着的鬼吗？想到这里，我的头皮就发麻。

日子就像这河水似的，慢慢地淌着，我的心也变得平静。我盼着大仙能有进城的机会，但这样的机会总也轮不到他。大仙抱怨队长瞧不起他，说那个家伙，就会巴结女人。我不明白大仙为什么这样骂队长。但我相信大仙的话，我和大仙玩得不错，奶奶也喜欢我跟大仙在一起玩。大仙嘴巴甜，很讨奶奶欢心。奶奶说他们是些有出息的人。奶奶喜欢我跟有出息的人在一起玩。

后来，我想鼓动大仙去套野兔子。大仙说，明天，明天吧。可好几天过后，我也没发现大仙有什么行动。我想大仙也许很忙，因为我时常看到他扛着几捆电线，在地里窜来窜去的，他本身就像一只野兔子。

我不知道他们在村子里待了多长时间，也许是一个月，也许是两个月，反正他们走的时候，正是冬天最冷的时候。我们正在准备期末考试，对，也许是快过年了。

那天上午我放学回家，看到院子里乱七八糟，偏房的门也大开着，我往里瞅了瞅，里面黑乎乎的，很暗。我想起来了，那是一个阴天（后来天空就下起了大雪）。当时我问奶奶，我指指偏房开着的门，说，他们呢，门怎么开着？奶奶说，走了，刚走一会儿，你看我忙活了一上午，给他们烙了点油饼。这些孩子不容易，走南闯北的，跟些流浪汉似的。说完，奶奶就叹了口气。

我说，大仙也走了？

奶奶说，你看你这孩子，人家走了就是走了，大仙一个人留下来干什么？

我把书包一扔，就蹿出门去。

奶奶在后面嚷些什么，我也没有听清楚。

我跑出胡同，一拐上街道，就看到汽车一辆辆地从大队部里开出来。它们沿着坑坑洼洼的村路，向村南的公路方向开去，尘土淹没了道路两边的树木和人影。

天阴得很厉害，好像一块刚涮过水的破抹布，拧一下就能拧出水来。

我知道我追不上汽车，就沿着高家胡同向西跑去，这样就可以穿过一片枣树林，河水都上冻了，我可以从冰上穿过西河，再沿着河堤爬上南岗子，南岗子下面，是汽车拐上公路的必经之地。这是一条近路，我只好这样做了。

我就像一条疯狗在追赶一只野兔子，从北面刮来的风中裹着一股盐土的潮腥味儿，让我睁不开眼睛。我在枣树林子里摔了个跟斗，脚下的冻土撞疼了膝盖。我几乎是一瘸一拐地爬上南岗子的。

我还没有喘一口气，就看到汽车一辆辆从眼前开了过去。那些汽车的后斗上都扎着绿色的帐篷，只能看见几个人影在里面晃动。他们都穿着棉衣，根本分不清哪个是男的哪个是女的，就更不用说找大仙了。我挥动着胳膊，沿着南岗子往下跑，或许是往下滚，我想让汽车司机看到我，看到我有急事的样子。他们也许是看到我了，因为我好像看到有几只手也在朝我挥动着，但汽车没有停下来。它们沿着乡村公路，像一只只大鸟似的飞走了。

后来，天上就飘起雪花。我一个人慢慢地走在路上，道路两边，野芦苇发出嗷嗷的低号，北风吹过来，灰白的苇穗子一起低头，整个世界就变成了一张大大的灰毛毯。

这时候，汽车已经消失在地平线之外。我朝着路上那几道深深的车辙，猛地吼了一声：我的相片呢？

声音很快就被翻滚的雪花吞没了，我知道谁也不会听见的，大仙听不见，奶奶听不见……它，只有我一个人能够听得见。

生病的玉米

太阳还没有爬上树梢，玉米就在屋里待不住了。她梳好头发，换上了那件红色的T恤衫，站在穿衣镜前，扮了两个鬼脸。镜子里的小女孩样子瘦瘦的，脸色苍黄，只是被那件火红的T恤衫衬出些许红润。但她的胳膊却白得如蛋清一般，如果迎着阳光，你会看到红红的血液静静地淌呢。玉米并没有注意这些，她正注视着自己悄悄隆起的胸，玉米轻轻一跳，它就轻轻一颤，玉米就觉得呼吸困难，就涨红了脸。

妈妈上班去了，把早饭放在桌子上。玉米不想吃，玉米什么也不想吃。她来到院子里，把喷壶里灌满水，开始浇花。这是玉米每天早晨必做的事儿，所有的花草玉米都喜欢，就连爬满屋墙的葛藤她也要喷些水。她浇花是有次序的，先浇牡丹，再浇月季，然后是榆树、仙人球、蟹爪兰，最后是紫罗兰。她觉得紫罗兰过于高贵些，色彩也深邃，就把它浇在最后。但今天玉米浇得有些潦草、零乱，当她抬起头来时，发现紫罗兰上已是露水涟涟了。玉米的心是跑到前院的槐树下面去了，她正跟着苦奶奶学剪纸花。

苦奶奶是邻居张阿姨的母亲，手巧得很，她拿张纸片，叠几叠，剪几下，展开就成了耕地的老牛或举着斧头的山鬼。玉米着了迷，就天天黏着苦奶奶教她。

妈妈很为玉米担心。妈妈叫玉米不要在外面跑，要她在床上躺着。妈妈说：玉米，听妈的话，你是有病的，不能在外面乱跑。妈妈说这话时，眼睫毛湿漉漉的，像刚被玉米浇过的紫罗兰。

妈妈是这所乡镇医院的院长，是这一带有名的医生，她的话是不能不听的。

玉米有病，老是头晕。她今年十五岁了，要不，秋天就去县城上高中了。春天里，她时常感到头晕，开始没在意，有一次上体育课，她摔倒了，晕了过去，醒来时看到自己躺在病床上，正在打吊针。妈妈坐在身边，很累的样子。玉米说：妈妈，我怎么了？妈妈说：没事，你闭上眼睛。玉米，别瞅我，你要好好休息。

玉米就闭上眼睛。玉米觉得妈妈说话时声音有些颤，有些软。

没几天，妈妈就带着玉米去了省城的大医院。妈妈有好几个同学在那里工作。他们都很热情，领着玉米看病，并给玉米买了好多好吃的东西。他们还带玉米去剧院听了交响乐。妈妈可能是累，那几天，她一直没出门。她把自己关在宾馆的房间里，回去的时候，玉米闻到房间里有一股辛辣的烟味儿。回来后，妈妈就不叫玉米上学了。妈妈说：玉米，等你的病好了，再去上学，好吧。当时，玉米还真有点儿恋恋不舍，她想，都快要考高中了。可是，玉米很快适应了她的新生活。

这些日子里，玉米学会了不少东西，她跟张阿姨学会了织网，这不，现在正跟苦奶奶学剪纸花，她已经学得差不多了，抽屉里放满了自己剪的纸花，墙上也贴着一些自己认为不错的，有动物，有植物，有民间传说故事。

苦奶奶说，他们那时候年轻人结婚，洞房里都要贴满这样的纸花。

苦奶奶还说：玉米呀，你剪得比奶奶都好，等奶奶回家时，得带着一些。苦奶奶的儿子今年冬天要结婚，苦奶奶说把玉米剪的纸花贴在他儿子的洞房里。

玉米听了心里美滋滋的。她想，将来自己结婚的时候……想着想着，玉米的脸蛋儿就红了。苦奶奶说：玉米，要少剪，别累着，哎，这孩子真聪明。

玉米说：你念叨什么呀奶奶。

苦奶奶说：没啥，没啥。

有时候，玉米觉得苦奶奶真叫人莫名其妙。

玉米出来时，苦奶奶早已坐在槐树下面。苦奶奶在阴凉地里铺了一块草苫子，她正给张阿姨家的小孩做棉衣，她的身边有一个针线笸箩。

玉米看到里面有剪刀，心里高兴极了。

夜里刚落了场雨，现在，太阳饱满地升起来，就不免从地上蒸腾热气，玉米感到闷热，刚跑两步，脸上就汗津津的了。院子前面就是医院的病房。院子里长着遍地的野花野草，这些花草特别茂盛，就像孩子似的，被刚刚洗刷过，正活蹦乱跳地成长。玉米能听到它们成长的声音，时而像极远处万马奔腾，时而像窗外小雨敲打芭蕉。一股淡苦的药味儿从前面的药房里飘过来，又混了野花的清香。玉米使劲儿吸一口，耳目顿时清新了许多。

玉米说：奶奶，我又来晚了。

苦奶奶说：不晚，你坐到苫子上，玉米。

玉米就一屁股坐在草苫子上，伸手摘掉了苦奶奶衣服上的几根线头。

玉米：奶奶，今天还是教我剪麒麟吧。

苦奶奶说：玉米，你坐在这儿跟奶奶拉呱拉呱儿，今天奶奶的活儿急，等改天吧，啊。

玉米觉得不对头，昨天苦奶奶还说要在回老家之前把她会剪的纸花都教给玉米，今天咋就变了卦。玉米有点儿不高兴。

苦奶奶说：哟，玉米这红衣服是谁给买的？这么好看。

玉米说：我妈妈买的，她从来不喜欢红颜色，这次去跟我看病，却不知为什么给我买了件这么红的衣服。

苦奶奶说：多好看，跟牡丹花似的。

苦奶奶又说：你妈妈说得对呀，玉米，你是该休息，别每天出来跑了，你还得上学呢。

玉米明白了，准是妈妈跟苦奶奶说什么了，要不苦奶奶不会这样的。玉米想妈妈也真是的，人家跟苦奶奶学剪纸花，不也是玩嘛，真是的。

玉米很生气。玉米站起来，也没跟苦奶奶打招呼，就跑回家了。玉米听见苦奶奶在后面喊：玉米，别跑，别跑，这孩子。

玉米一口气跑回家。她靠在门框上踹了几口粗气，刚想进屋，天就乱了，无数的银星星从花丛里升起来又落下去。玉米忙闭上眼睛，她觉得自己正被绑在一架水车上，身子栽下去，又竖了起来，头有些痛，胃搅得难受，但玉米没有坐下去，她听到了飞机的轰鸣声，她知道此时正有一架银白色的飞机打她的头顶掠过。

这样过了一会儿，玉米睁开眼睛，哎呀，太阳是绿的，那些花儿变成金色的了，镶着黑边儿，世界咋就突然变绿的？那些花儿变成金色的了，镶着黑边儿。世界咋就突然变了样？玉米轻轻晃了晃头，头也不晕了。一股清爽爽的香味儿钻进鼻孔里，玉米使劲地打了个喷嚏。

玉米有些害怕，她不知道自己得的是什么病。妈妈说没事儿，得多休息，休息一个暑假，就可以上学了。

玉米打开电扇，又打开了录音机，音乐如水般地流出来。玉米躺在床上，凉席清爽爽的，可玉米觉得自己心跳得厉害，嗓子眼甜丝丝的，胸部憋得生疼。玉米拿手抚摸着胸口，脑子里开始想一个个的问题。有一个问题，是叫玉米最为苦恼的，就是，为什么妈妈至今仍单身一人？

小时候，玉米经常问妈妈，别的孩子都有爸爸，我为什么没有爸爸？开始妈妈说，玉米是妈妈从玉米地里拾来的，后来又说爸爸生病死了，再后来妈妈就保持沉默，问急了妈妈就偷偷地掉眼泪。随着年龄增大，玉米知道这是件让妈妈伤心的事，她就不再问了。

可玉米在妈妈箱底的影集里见过一个男人的照片，那个男人眉清目秀，瘦瘦的，嘴唇的右上角有一个不大不小的痦子，玉米想也许这个男人就是自己的爸爸。可她从来没有问过妈妈。她不敢问，因为这张照片是她偷偷地看的。

有许多大人的事，玉米都无法理解。许多个晚上，她瞅着星星遐想。她想到妈妈那张消瘦的脸。在外面妈妈是个爱说爱笑的人，但回到家来，她就叹息，就抽烟，她当然知道吸烟有害，但却越抽越猛了。玉米看过很多书，她从书上看到过跟自己一样没有爸爸的孩子，她们的命一般都不好。

玉米想，我也快成书中的孩子了。

妈妈只晓得工作，常常在黑更半夜里被人叫走。玉米被吵醒了，却再也睡不着觉，在黑夜中，她扑闪着两只大眼睛想事情。她听懂了夜间的很多声音，也闻到了夜间的许多气味，它们是那么神秘，仿佛来自冥冥之中。开始玉米很害怕，但后来玉米学会了享受这些静谧的夜晚，但她还时常感到孤独，她心中有许多话儿要说，有许多事儿要问，但她不会问妈妈的，这是秘密。

现在，对自己长大了做什么工作，玉米还没有想好，这次去省城的大医院，她喜欢上了那里的护士，她们整洁清秀，走起路来如风摆杨柳，精神得很。玉米想，长大了如果做个护士，也是很不错的，但不能在妈妈的乡村医院，这里的护士脸膛粗黑，满口脏话。

玉米喜欢植物，喜欢干净随和的人，还喜欢背唐诗宋词，她崇拜李清照，今天早上她醒来时，看到户头窗外积下的雨水，她心里还默默地背着：昨夜雨疏风骤，浓睡不消残酒，试问卷帘人，却道海棠依旧。知否？知否？应是绿肥红瘦。

玉米的思绪开始渐渐地混乱，她隐隐约约地听到妈妈回来了。妈妈见玉米躺在床上，闭着眼睛，脚步便猛地轻下来。她悄悄地来到床边，轻轻地摸了一下玉米的额头，突然发现玉米的脸腮上挂着两滴泪，就问：玉米，怎么了？

玉米不回答，翻了个身，背朝妈妈。她觉得妈妈一点也不理解自己。玉米再也控制不住感情，她的鼻子酸酸的，身子一抽一抽。她哭了。

白雾三章

月亮奶奶照白墙

放电影的时候，村子里最热闹。这一天，是孩子们的节日，也是大人们的节日。所有的孩子都喜欢看电影，所有的大人也都喜欢看电影。

村子要放电影，消息在下午便传开了。最先知道消息的，肯定是支书或者村长家的孩子，他们总是先偷偷地告诉最好的朋友，并且嘱咐他们不要说出去。可是，孩子们的嘴巴怎能堵得住，每个人都有自己的好朋友嘛。大家听说后，就都来问村干部的孩子，他们便带着一副很神秘的面孔，摆出高人一等的架子来，嘴里哼哼哈哈，说可能吧也许吧不一定呢之类的话。大家都烦得要命，可谁让人家是村干部家的孩子呢?

不过，有电影看才是最重要的。就说这天下午，孩子们的表情、说话的口气、眼神儿，都是不一样的，连笑声都比往日响亮，脆生生的，跟燃起一串小炮仗似的。放学后，孩子们跑得特别快，赶上值日的，也是抡起扫帚，浮皮潦草地划拉几下就完事了。

孩子们呼呼跑，书包拍得屁股啪啪响。跑到村支部前，如果看到雪白的银幕挂起来了，就会不约而同地发出欢呼声，接着，转身便朝家中跑，那姿势要飞起来似的，好把消息告诉家里人，让他们赶快做饭，吃饱了都去看电影。

那一年，我跟着妈妈回到农村的姥姥家。姥姥住的村庄叫白雾村。妈妈在白雾小学当代课老师，我在白雾小学读书。看到这一切，我觉得特别新鲜。因为在爸爸单位基地的时候，我从没这样看过电影。那里有一家铁矿俱乐部，每到周末都要放电影。爸爸妈妈经常带着我去看电影。爸爸排着队在一个小窗口前买票，而妈妈领着我，来到小吃摊前，给我买一包葵花子或者花生豆。我们走进大礼堂，寻找我们的座位号，坐在联排的木椅子上，听着激昂的音乐，等着电影开始。

可是在白雾村，看的却是露天电影。在大片空地前竖起两根竹竿，把银幕撑起来，黑色的喇叭挂在竹竿上，风吹过来，一晃悠一晃悠的。离银幕三四十米远，放着一张桌子，那是摆放映机的地方。天还没黑，人们便搬来各式各样的桌椅板凳，围着那张桌子，早早占好了座位。每次都有因为占座位打架骂街的女人和孩子。男人们大都不在意位置的好坏，多数人都是站着看。最外面的，当然是那些外村的人，他们来得晚，就只好站在外面了。

天还没冷的时候，村里就放过一场电影。那时候我刚来白雾村不久，对什么都好奇。那天下午在学校里，树墩表哥跟我说："晚上村里放电影，吃完饭去找我，咱们一块儿去看。"我高兴地点点头。回到家，我告诉姥姥村里要放电影了，并且把跟树墩一块儿看电影的意思也说了。我害怕姥姥不让我去。没想到姥姥说："放电影好啊，吃完饭都去看电影。"接着，姥姥又说了一句："你大姥姥是个电影迷呢。"

大姥姥？不就是树墩的奶奶吗？她是个瞎子呀。她怎么看电影？我站在那里愣了半天。

可是，姥姥说的一点没错。我来到树墩家时，大姥姥已经穿戴整齐，正跟树墩坐在树下等着我。树墩说："你扛着凳子，先去占座位。我和奶奶随后就到。"我扛着凳子在前面走，不时地回头看一眼。我看到大姥姥拄着一根木棍，不停地戳着地面，树墩在一旁扶着她。他们也走得飞快。

那天晚上，我紧靠大姥姥坐着。我想知道，一个瞎子是如何看电影的。没想到，老人家比我们看得都投入，眼睛一直盯着远处的银幕，脖子扭来扭去的，耳朵抬得好高。那天演的第一个影片叫《卷席筒》，是一个黑白戏曲片，里面的演员一边唱一边哭。大姥姥也跟着哭，后来哭得不行，从衣兜里掏出手绢来不停地擦眼睛。这让我很吃惊，没想到电影这么厉害，能把一个瞎老太太"看"得呜呜哭。

但那时候，村子里放电影太少了，放映队一年也来不了几次。可大人孩子都喜欢看电影，所以不管哪个村子里来了放映队，都会吸引周围村子里的好多人去看。总有一些消息灵通的人，比如那些走街串巷做小买卖的，会把消息带回来。还有就是那些七大姑八大姨的亲戚们，也是重要的消息来源。他们听说自己村里要放电影，就会派孩子过来把姑啊姨的接过去看电影，顺便住上一宿。

树墩就经常去外村看电影。大晚上的，很多家长都不让孩子去，但树墩是个例外，因为志成舅舅和大姥姥都爱看电影。大姥姥说："要不是眼瞎，我跟你一块儿去。"志成舅舅说："去吧去吧，看电影还能长见识呢。"

又是一个星期六的下午。我在院子里转悠了半天。天气清冷，小北风刮得树梢呜呜响，鸡狗猫鸭的都躲了起来，只有那只老山羊卧在墙根下，嘴在不停地嚼咕着。无聊极了！我回到屋里，掏出本子来做作业。可是，那颗心如同长了翅膀，一会儿飞到这里，一会儿飞到那里，可就是落不到作业本上。我把作业本又塞进书包，扭着屁股便朝外走。

姥姥说："刚坐下来，又出去？"原来姥姥一直在观察着我。

我说："有道算术题不会，问问树墩去。"

姥姥说："你妈啥不懂，问她不行？"

我说："她不是不在家嘛。"

姥姥撇撇嘴，说："谁不知道树墩是块地瓜蛋子？你直接说找他玩儿就得了呗。"

姥姥说得真好，我咯咯笑着跑出来。

树墩果然在家，他正和志成舅舅在牛栏里清除牛粪。树墩举着铁锨，脸上热气腾腾的，正把一摊牛粪甩进小推车上的粪筐里，看到我进门，便说："等一会儿，马上干完。"志成舅舅说："好了，冬冬来了，你去吧。"树墩笑了，朝我扮个鬼脸儿，放下铁锨，便跑出来。

"你还干大人干的活？"我说。

"晚上小鹿村放电影呢。我跟爹说想去看电影，我爹说行，得跟他把牛圈清理好。这不是小菜一碟嘛。"树墩边洗着手边说，"对了，咱们一块儿去看吧。"

我的心动了。我真想跟着树墩一块儿去小鹿村看电影。可是，妈妈和姥姥肯定不会同意的。她们肯定能找出一大堆理由来，什么天冷啦路远啦夜黑不安全啦。为什么别的孩子能做的事我不能呢？想想就生气。

"我……我妈妈和姥姥肯定不同意。"我耷拉着眼皮子，嘟囔着。

"嘿，这好办，不告诉她们呀。"说着，树墩便趴在我耳朵上嘀咕了几句。

我一听，眼睛瞪得好大："能行吗？"

"咋不行？你就是太听话了。"树墩满不在乎地说。

我心一横，就按树墩说得做。

于是，晚饭我就在志成舅舅家吃了。志成妗子擀的杂面，筋筋道道的，特好吃。大姥姥高兴得不行，一边让我多吃点，一边不停地夸我，说别看我老婆子看不见，可我知道冬冬长得是啥模样。我很吃惊，大姥姥看不见，咋能知道我的模样？

大姥姥说："我这心里，有一面镜子，拿出来照照就知道了。"

志成舅舅也不言语，光笑。

果然如树墩所料，正吃着饭，我姥姥找来了。一看我坐在那里正吃得来劲，就大呼小叫着说："你说这个没出息的孩子，家里做好了饭等着你，你跑到这里来吃上了。"大姥姥说："都是一家人，哪里不一样吃。""好了好了，知道他在这里就放心了。快吃吧。"说着笑着，姥姥站了几秒钟，就走了。

我和树墩对了对眼神，心里都在偷着乐。

冬天黑得早，我们吃完饭出来，天已经黑透了。跟我们一块儿去小鹿村看电影的，还有迷糊舅。这一下，我心里更踏实了。迷糊舅已经十七八岁了，长得又高又瘦，算是大人了。他一看是我，笑着摸了摸我头上的棉帽子。他胳肢窝里夹着一把手电筒，出村就打开了。一道亮光射出去好远。

我根本分不清东西南北，这时候又是冬天的晚上，我什么都分辨不清。手电光射到远处，除了成片的田地，什么都没有。不过，黢黑的田野里似乎并不寂寞，不一会儿，就听到远处传来自行车的铃铛声，接着有人喊："打手电的，干啥去？"迷糊舅便扯着嗓子喊："去小鹿村看电影。"对面喊："啥片子？"迷糊舅喊："《小花》，陈冲演的。"……

喊着喊着，那人就到眼前了。迷糊舅刚要拿手电照。那人却说："别照，吓着你呀。"我们刚一愣神儿，自行车便晃悠着过去了。树墩问："谁啊？"迷糊舅突然大声说："鬼啊。"说完哇哇地往前跑。树墩也跟着哇哇叫着往前跑。我倒是没叫，头发却炸了起来，跑得比树墩还快。听到迷糊舅哈哈的笑声，我才慢下来。我都快吓尿裤了，身上也冒出汗来。

就这样说着闹着，我们到了小鹿村。我们围着小鹿村转了大半圈儿，既没听到演电影的声音，也没见到来来往往的人，倒是我们的脚步声，不时地惹起几声狗叫。小鹿村的街上一片漆黑。我们看到一家小卖部，迷糊舅便走进去问。那个掌柜的说小鹿村今天不放电影，你们搞错了，是镇上放电影。那人说他刚才看到好几拨人走过去，都去镇上看电影了。

迷糊舅问树墩和我："怎么样，去不去镇上？"我瞅瞅树墩。树墩说："听你的。"迷糊舅大手一挥，说："出发，向镇上进攻。"于是，我们很快走出小鹿村。

在路上，我们又遇到一伙人，听他们的说笑声，肯定也是来看电影的。迷糊舅便喊："你们是来看电影的吗？"对方也喊："对呀，有没有电影？"迷糊舅喊："有啊，演了两个片子，可好看了，《永不消逝的电波》和《看不见的战线》。"

对方一听就明白了，发出了一阵惋惜声。树墩说："告诉他们吧，镇上有。"迷糊舅说："才不呢。让他们喝西北风去吧。"

我们继续向镇上走。迷糊舅和树墩的脚步明显地加快了。我紧跟着他们，已经是气喘吁吁。好在，镇子上的灯光已经很近了。镇子就是镇子，灯光多，门市部和饭店大都开着门。迷糊舅说：

“跟我走没错，放电影的地方就在镇政府门前。”

我们沿着街道向前走，不一会儿就来到镇政府门口。可是，镇政府门口空空荡荡的，除了小西北风呜呜地刮着，什么都没有。我们盯着大门口挂着的几块白牌子愣了半天。还是迷糊舅胆子大，他走进大门一侧的小门，敲了敲传达室的门。门一开，一个脑门锃亮的人出现在门口。迷糊舅问：“不是说有电影吗？”那人说：“演完了，《月亮奶奶照白墙》。”说完，“咣”一声关上了门。

月亮奶奶照白墙？我愣了一下，接着就明白了。

往回走的时候，我们都没了精气神，步子明显地慢下来。我累了，都快走不动了。不过，我一边走，一边琢磨那人刚才说的话。月亮奶奶照白墙，越想越有意思，禁不住笑了，并且一下子笑出声来。树墩问我笑什么。我说我听到很远的地方正在演电影呢。树墩说，真的？我点点头，想到了遥远的铁矿俱乐部。不错，那里正在演电影呢。

回到家，推院门时，我心里确实非常害怕。我害怕妈妈和姥姥骂我。这可是我第一次瞒着他们，偷偷地在外面蹿了一晚上。在院子里，我看到屋子里射出的柔和的灯光，里面静静的，没有什么声音。我小心翼翼地，把脚步放得很轻。我心里敲着小鼓，站在门口犹豫了一会儿，还是硬着头皮推开了屋门。屋里暖烘烘的，火炉上的水壶里发出咝咝的声音，妈妈和姥姥正在缠一把毛线。听到门响，她们停下手中的活，扭过头来，都用一种那样的眼神盯着我。妈妈没理我。姥姥说："冷不冷啊？"我扯下棉帽子说："还出汗呢。"我看到妈妈撇了撇嘴。

"看的啥电影？"姥姥问我。

"月亮奶奶照白墙。"

"啥？"姥姥没听明白。

我低着头，快步钻进里屋去了。要不，我就会哈哈地笑出声来。

雪　屋　子

姥爷抽着烟，盯着光秃秃的枣树枝，自言自语道："该来场大的了。"

姥姥翻着日历牌，嘴里也是嘟嘟哝哝地说着："到时候了。"

我知道他们说的是下雪。他们都盼着下场大雪。是啊，我也盼着呢。冬天不下场大雪，总觉得少了些什么。可是冬天越来越深，这年的白雾村，除了刮过一场黑风，飘了两次雪花，还没有下过一场像模像样的雪呢。西北风整天吹，又冷又硬，吹得人手上和脸上都裂出了一道道的血口子。人们都期盼下场大雪来滋润一下这干冷的天气。

那一天，整整一下午，天空都阴沉得厉害，如同被一块湿淋淋的破抹布罩着，拧一把就能淌下水来的样子。放了学，我们刚走出教室，便看到天上开始有雪花落下来，三三两两的，在空中翻着滚儿。不知谁喊了声："下雪了。"没想到，所有的孩子都兴奋起来："下雪喽下雪喽。"有的孩子边喊着边把书包扔上天空。

我跟童木说："等下完雪，咱们去滚雪球、堆雪人、打雪仗，好不好？"童木两眼放光，使劲儿点点头。我们都兴奋地抬着头看天。

童木是白雾小学吴老师的孩子。吴老师是外村人，他们村离白雾小学五里路，他带着童木住在姥姥家的南屋。姥姥家人少，房子多。妈妈能在白雾小学代课，也是吴老师推荐的。

我和童木兴奋地回到家。我看到姥爷站在院子里，便说："姥爷，下雪了。"姥爷捋了捋山羊胡，笑着点点头。进了屋，我看到正在准备晚饭的姥姥，说："姥姥，下雪了。"姥姥撇撇嘴，笑着说："我刚听了广播，人家说没什么雪下。"我知道姥姥是故意在逗我。妈妈从学校里回来了，我盯着外面飘着的雪花说："妈妈，下雪了。"妈妈笑着说："瑞雪兆丰年。"

吃晚饭时，姥爷竟然烫了壶酒。两盅下肚，姥爷话就多起来，说白雾村夏天雨水多，冬天雪多，是出了名的雪窝子，年年都要下几场大雪，所以在全镇，白雾村的庄稼长得最好。

姥爷还跟我说："冬冬，不信你等着看，明天早晨，屋顶上、院子里会落满厚厚的雪，你可要早起来呦，帮着姥爷去除雪。"

我高兴地说："放心吧姥爷，我跟你一块爬到屋顶上去除雪。"

那天夜里，我睡得特别踏实。梦中，我看到漫天的雪花像星星那般晶莹闪烁着，它们落啊落，落在我睡觉的被子上，好厚好厚，我竟然睡在雪堆里。不过，里面很温暖，一点都不冷。

早晨，我被妈妈喊起来。妈妈说："快起来，外面下了大雪。"

我一下子从被窝里坐起来，看到外面的窗台上都堆满了白雪。

我几下子便把衣服穿好，边踩着棉鞋，边提着棉裤朝外跑。我一把拉开门，迎着扑面而来的冷空气，看到院子里变成了另外一个世界。

“哇!”到处都是白色的。屋顶上、猪圈上、树梢上、院子里，全被厚厚的雪盖住了。姥爷正攥着一把大扫帚，在院子中间扫出一条小道来。

我抬腿便要朝外跑，被姥姥一把拽住了。姥姥说：“你干什么去?”我说：“我帮姥爷扫雪去。”姥姥说：“外边多冷啊，会把你的手指头冻下来的。”姥姥说着，给了我一副棉手套。

这时候，吴老师和童木也从南屋里钻出来了。我一看见童木，便不顾一切地跑进了雪里，没想到，雪那么厚，一下子没到了我的膝盖。童木也高兴地跳进雪中。我刚迈了两步，就摔倒在雪里。童木也跟着倒进雪里。我们在雪里打起滚来。要不是姥姥过来呵斥我们，我们肯定会多滚一会儿。

姥爷和吴老师已经爬上屋顶。我本来要上去的，却被姥姥从梯子上拉下来。姥姥说：“姥爷和吴老师负责扫上面的雪，你和童木负责扫下面的雪。”

我和童木只好一人“端”着一把铁锨，按照姥姥的指令，把院子里的雪堆在几棵枣树下面。雪软软的，铁锨插进去，发出嚓嚓的声音。我们干得不亦乐乎，一会儿就堆起一个高高的雪堆，都赶上童木的个头高了。我们决定一会儿把它变成一个白白胖胖的雪人。

太阳出来的时候，姥爷和吴老师已经把屋顶上的雪清除干净了。他们先是用铁锨把厚厚的雪从屋顶上推下来。大块的雪落在地上，发出呼隆呼隆的声音。然后，他们再拿大扫帚，把剩下的雪扫下来。我从下面看上去，在金灿灿的阳光照射下，他们的身上竟然冒着热气。

妈妈把早饭做好了，喊我们吃饭。妈妈说：“吴老师，你和童木一块儿过来吃吧。”吴老师拍打着身上的雪说：“让童木去吃吧。这样，你帮我带带学生，给他们布置一下作业。我得抓紧回我们村一趟，把家里屋顶上的雪扫下来。要不等雪一化，麻烦就大了。”

“这么厚的雪，你啥时候走到家呀？”妈妈和姥姥都面露怜惜。

“要是在东北就好了，那里有雪橇啊。”说完，吴老师哈哈一笑说，“婶子，你们放心，难走的路，我走习惯了。”

那天上午，整个校园都处于热闹和喧嚣之中。徐老师带领几个高年级的学生站在屋顶上扫雪，而妈妈指挥着我们清扫校园。屋顶上的几个大孩子在徐老师的注视下都非常老实，专注地干着活儿。可下面的孩子们就跟炸了马蜂窝似的，你追我赶，哇哇乱叫，你把一个雪球打在我头上，我把一个雪球塞进你的衣领里，真正扫雪的是那些跟随在妈妈身边的女孩子们。

妈妈也没有办法，因为孩子太多了，她看不过来。我就看到张得月把一个雪球砸在妈妈身上。张得月赶紧蹲下装着系鞋带。妈妈看看周围，也不知道是谁干的，只好把身上的雪拍打干净。我想跑过去告诉妈妈，可又觉得张得月不是故意的，所以就算了。

白雾村有了雪，就完全变了样子。午饭过后，我又爬上屋顶，站在上面，向远处看，到处是白茫茫一片。西边的鬲津河大堤，还有河堤上的树；北边的枣树趟子和松树林；东边的大洼；南边的水塘、打麦场和通往镇子上的路，全都被白雪盖住了。我禁不住想朝远处喊上一嗓子，可我还是忍住了。

下一场大雪，所有的人都高兴。大人们高兴，是看到了来年的收成。孩子们高兴，是因为这个世界又变了个样儿，好奇、新鲜，还多了好玩的东西。

那天下午放学后，我和童木又来到南大场。南大场的边沿上堆着十多个大麦秸垛。它们全被白雪盖住了，像一个个的大白馒头。我和童木下定决心，要滚一个像麦秸垛那么大的雪球，然后再堆一个像麦秸垛那么大的雪人。

我们说干就干，把书包往雪地里一扔，四只小手便忙活起来，先做好一个圆圆的结实的球心，然后慢慢地滚起来。雪球越滚越大，开始像篮球，不一会儿变成了蒸馒头的大铝锅。我们撅着屁股，四肢乱蹬，边滚边笑。

童木说："冬冬，我们像不像两只屎壳郎在滚粪球?"

我说："错了，滚粪球的屎壳郎都是一只，他们都是公的，把粪球滚得越大，越能吸引母的来，在上面下卵。"

"哦，"童木略有所思，说："冬冬，你知道的真多。白雾村的孩子们只会打雪仗，他们连滚雪球都不会。"

"可是，他们会的好多东西，我也不会啊。"看着雪球越滚越大，我突然变得谦虚起来，"我知道的这些，都是从书上看到的，滚雪球嘛，是我爸爸教我的。”

南大场真是太大了，场里的雪，估计滚一百个大雪球也用不完。我们弯着腰，滚啊滚，越滚越吃力，最后实在滚不动了，只好停下来。我们直起腰，突然发现，眼前的雪球几乎跟我们一样高了。我们的手指头被冻得通红，跟一根根小胡萝卜似的，可脸上却热气腾腾。我们兴奋地跳起脚来。雪球太大了，我们实在是推不动了。再说，马上就天黑了，今天只好到此为止。

“该回家了。堆雪人，等明天吧。”我说。

童木点点头。他的小脸通红通红的，不知是冻的还是热的。

突然，我看到眼前雪地里，有一排清晰的脚印，通向不远处的场沿屋子。场沿屋子是打麦场边上的一间小屋，是轧麦子的时候人们放东西避雨的地方。此时，它几乎被大雪盖住了，在暗红的夕阳中，像极了图画书中的雪屋子。

那排脚印就消失在雪屋子黑洞洞的门口。我朝童木指了指脚印。童木也皱起了小眉头。显然，他也看到了。我们好像被一种魔力牵引着，不知不觉地朝那间雪屋子走去。周围猛地安静下来，尽管我们走得很慢，可脚落在雪上，咯吱咯吱的声音还是特别刺耳。

雪屋子的门口堆着厚厚的雪，如同高高的门槛似的。我们站在离门口两三米的地方朝里看，里面黑乎乎的，什么都看不清楚。过了会儿，好像好了一些，可还是看不清楚里面的情况。我们抻着小脑瓜，使劲儿朝里看。

突然，里面好像传来了“哎哟哎哟”的声音，我侧着耳朵，仔细听，确实有人在低声呻吟。是不是有鬼？我的头皮一麻，吓得扭头就窜。童木也跟着我跑。我们就像两只受惊的麻雀，恨不得飞起来。我们捡起雪地里的书包，一口气跑到家门口，头都没敢回。站在门口，我们大口喘着粗气，惊魂未定。

“听到声音了吗？”我问童木。

童木点点头，皱着眉头，面露恐惧。

“怎么办？”

“赶快告诉大人啊。”童木这句话提醒了我。

我们先是来到南屋，把情况告诉了吴老师，接着又跑着去找姥爷。吴老师拿着一把手电筒，跟姥爷一碰面，说：“这事挺蹊跷的，无论如何也得去看看。”姥爷点点头，顺手抄起一把铁锨。

有大人在，我和童木就不害怕了。这时候，天已经黑透。我们来到南大场北边，指了指对面的雪屋子，就不敢再往前走了。吴老师打开手电筒，姥爷扛着铁锨在后面跟着。我们眼看着他们走进雪屋子。

“他们进去了。”童木说。我们心里特别紧张，不知道会发生什么事情呢。

可是，不一会儿，姥爷和吴老师就从雪屋子里走出来。他们不慌不忙地迈着步子，比刚才从容多了。我们迎着他们跑过去。

“一个流浪汉，话都说不清楚。”姥爷说。

“可能是病了。”吴老师说。

我感到特别惊讶，下这么大的雪，这个人竟然跑到这里来了。

“他从哪里来？到哪里去呢？”我好奇地问。

“谁知道呢，这个世界上，有太多的流浪汉。”吴老师晃悠着长长的脖子，叹一口气。

“过一会儿，咱们给他提壶水，拿点吃的来。”姥爷像是自言自语。

“他肯定是发烧了，再带点退烧药。”吴老师说。

那天晚上，我们跟着吴老师和姥爷又跑了一趟。吴老师扛着一卷草苫子，姥爷抱着一床不用的被子，我提着一壶水，童木拿着碗筷、窝头和咸菜。这一次，我们终于看到了这个流浪汉。他蓬头垢面，满脸漆黑，身上只裹着一件破棉袄，蜷缩在墙角，见到我们，垂着眼皮，面带惊恐。吴老师把草苫子铺开，姥爷把被子放在上面。姥爷说："喝点开水，吃些东西吧。"说着姥爷把水壶、碗筷和干粮放在他面前。

那个流浪汉一下子来了精神，他抬头看了我们一眼，接着抓起窝头便吃起来，几口便把一个玉米面窝头吞了下去，这才想起还有咸菜和水。姥爷说："别急，慢点吃。"

我们回到家，把流浪汉的样子说给姥姥和妈妈听。姥姥叹口气说："人都有落难的时候啊。"说完，姥姥的眼圈竟然红了。

随后几天里，每次上学前，我和童木都要带些吃的给流浪汉送去。流浪汉坐在草苫子上，开始跟我们笑了。我问他："你从哪里来？"他只是龇牙笑。我再问他："你到哪里去？"他还是龇牙笑。

有一天，他跟玩戏法似的，竟然从怀里掏出一个脏兮兮的本子，又拿出一只圆珠笔来，写了整整一页的字，然后小心翼翼地撕下来，递给我。没想到，他的字写得这么漂亮，比妈妈、比吴老师、比我们所有的人写得都漂亮。可是，他写的是那种非常复杂的字，我和童木一个都不认识。我们拿回来交给吴老师看。吴老师看着看着，眼圈儿就红了。我问上面写的是什么，吴老师摸了摸我的头，说："孩子啊，你们还不懂。"

我和童木再去雪屋子时，看到被子整齐地摆在草苫子上。那个流浪汉不见了。我们绕着雪屋子转了好几圈儿，也没有看到他的影子。

"他走了。他肯定是走了。"童木说。

我点点头，突然有一种失去了什么似的感觉。再看雪屋子上的雪，已经化得一干二净。

小 公 主

在白雾村，一进腊月，到处能嗅到年节的气息。喝完腊八粥，孩子们便开始变得心浮气躁，整天被年味儿熏得飘飘忽忽，要不是还有期末考试压着，早就变成风筝和气球，飞上天了。放寒假的日子终归要来到了，当一大群孩子哇哇大叫着冲出校园时，我和童木也到了分别的时候。童木和吴老师要回他们村了。

姥姥说："童木这孩子，人小鬼大，又考了个第一。冬冬，你的个头算是白长了，白吃了那么多好东西。你得向人家童木学习呀。"

我不好意思地挠挠头。

童木说："冬冬考了第五名，已经很不错了。"

吴老师："考试说明不了什么，冬冬这孩子，将来会有大出息的。"

听吴老师这么一说，我心里特别高兴。我对这位脖子长长的吴老师，越来越有好感了。我跟童木约好年后见。根据妈妈的意思，我送给童木一挂鞭炮。童木高兴得差点儿流下眼泪。

送走童木，我心里有一点空荡荡的感觉。站在猪圈旁，盯着那头已长得足够大的大黑猪发呆。姥姥说："过几天，这头大黑猪就该宰了。"不知道为什么，看着大黑猪憨态可掬的样子，我心里特别不是滋味儿。本来放了寒假是高兴的事，可我却高兴不起来。

“冬冬，来尝尝我刚蒸的枣年糕。”姥姥在屋里喊我。我慢吞吞地走进屋。姥姥递给我一块枣年糕的同时，告诉了一个再好不过的消息：小姨家的春雪表妹要来了！

哇，我终于要见到春雪表妹了。我可是只见过她的照片呀。

那个长得像洋娃娃似的春雪表妹。

那个能歌善舞的春雪表妹。

那个……

春雪表妹说到就到。

第二天上午，姥姥和妈妈在屋里包着水饺，姥爷把院子打扫得干干净净。我呢，坐在屋门旁墙根下的太阳地里。我可不是在晒太阳。我拿着刀子和砂纸，削啊磨啊，正在制作一把木头宝剑。我要把这把宝剑送给春雪。我想，春雪肯定会喜欢的。她手握宝剑，就变成电影中的侠女了。我满脑子都是春雪手握宝剑的样子。

门外突然传来摩托车的声音。我支棱着耳朵，听到摩托车在门外停下了。我“噌”一下站起来，推开屋门喊一声“来了”，撒腿便朝门口跑。

刚拐过墙角，差点跟一个小女孩撞在一块儿。我忙退一步，定眼一看，正是春雪表妹。只见她穿着一件红色羽绒服，卷头发上扎着蓝色蝴蝶结，脚下蹬着半高筒的棕色小皮靴，宽宽的额头，白白的脸蛋儿，漂亮的大眼睛，简直就是一个小公主，比照片上还要洋气。可能是我的样子太傻了，春雪正用一种怪异的目光看着我。

小姨和小姨父提着大包小包走进门。小姨认识我，说："春雪，这就是冬冬表哥呀，快叫表哥。"春雪笑了，露出白白的牙齿，却喊了声"姥姥"。她绕过我，朝身后的姥姥跑去，一下子扑进姥姥怀里。姥姥露出了慈祥的"老母鸡"的模样，一张翅膀便把小公主抱住了。原来，我的姥姥也是春雪的姥姥。

妈妈和姥爷都走过来，接过小姨和小姨父手里的东西，一家人朝屋里走去。小姨边走边抚摸着我的头发，说春雪可盼着过来跟你玩儿了。

屋里顿时变得乱哄哄的，大家都争着说话。只有我一直在盯着春雪，可春雪好像并不看我。后来，我挪到春雪身边，拽了拽她的衣袖，附在她耳边轻声说："过来，我送你件东西。"一听要送她东西，春雪高兴了，蹦蹦跳跳地跟着我走出门来。

我把刚做好的木头宝剑递给她。春雪一脸的迷惑，问我："这是什么?"

"宝剑呀，"我说，"我专门给你做的。看，你拿着宝剑，威风极了，就像《少林寺》和《神秘的大佛》中的女侠呢。"

"真的?"春雪高兴了，挥了挥手中的木头宝剑，还"嗨、嗨"地喊了两声，真跟一个小女侠似的。

我从墙根下抓起我的藤条棍，呼呼地抡了两圈儿，棍子发出呜呜的叫声。我脑子里全是《少林寺》中的那帮武艺高强的小和尚。我说："走，到门口看看你爸爸的摩托车去。"

小姨父开来的是一辆绿色的三轮挎斗摩托车，就停在姥爷家的大门口。我和春雪一出来，就看到张得月他们几个男孩子跟日本鬼子进村似的，正坐在摩托车上吱呀怪叫。春雪一看不愿意了，跑上前去，左手掐腰，右手拿宝剑指着他们，喊道："下来，都给我下来，这是我爸爸的摩托车，不准乱动。"

张得月他们先是被吓了一跳，又一看，原来是个小丫头片子，接着就"嗷嗷"叫着起哄，一边大叫，还一边用脚跺着摩托车。

守着春雪，我得像英雄一样跳出来呀。于是我拿棍子指着张得月，喊道："张得月，下来，这是我姨父的摩托车，你们别弄坏了。"

张得月一听，"噌"一下跳下摩托车，说："呵，冬冬，想打架是不是？"说着，便拧着脖子朝我走过来。

我才不想跟他打架呢。我收起藤条棍，说一声你们等着，扭身便朝家里跑去。

当我拉着小姨父跑出来时，张得月他们已经不见了踪影，只剩下春雪在哭着抹眼泪。春雪说："爸爸，他们都是坏孩子，他们骂我小烂妮。"

春雪嘟着小嘴巴，眼圈儿红红的。她哭鼻子的模样，都是那么好看。

春雪决定先住下来跟我玩几天，然后再让姥爷把她送到鬲津河那边的奶奶家。吃罢午饭，小姨和小姨父便开着摩托车走了。

我像个小主人似的，领着春雪认识姥姥家院子里的"朋友"们。两只鹅，三只鸭子，一只大公鸡和六只老母鸡。

来到马厩里，我指着正在吃草料的枣红马说："这可是一匹会说话的马。"我故作神秘地说。

“会说话？真的？”春雪果真瞪大眼睛。

“当然。姥爷经常跟它说话呢。”接着，我指着那只老山羊说：“你看，它长得像不像姥爷？”

春雪一听，忍不住咯咯地笑起来，笑得捂着肚子蹲在地上，点着头说：“像，太像了。”

“可别告诉姥爷，姥爷会生气的。”我告诫着春雪，又领着她来到猪圈旁，叹口气说：“这头可怜的大黑猪，快挨宰了。”

“哦？为什么？”春雪面露惊恐。

“快过年了嘛，过年人们都盼着吃猪肉呢。你不吃？”我朝春雪看了看。春雪露出很矛盾的样子。

“姥姥家还有一只神出鬼没的老猫，这时候，正趴在火炉旁睡大觉呢。”我说：“猫是唯一能和人睡在一起的动物。如果做动物的话，就做一只猫吧。”

“哼，才不做一只猫呢。就做人嘛，为什么要做一只猫？”突然，春雪很生气地说。

“如果，我说是如果。”看到春雪生气的样子，我忙把话题岔开：“对了，还有两只兔子呢，它们跑哪儿去了？我好像好几天没看到它们了。”

“哼，不跟你玩了。你怎么能让人变成猫呢？”春雪不再听我说了，甩着胳膊，嘟嘟囔囔回屋去了。

我好失落。我只是打个比方。我没说任何人呀。

哎哟，这个小公主可不好惹。

那天晚上，我几次想凑过去和春雪说话，可她满脸的傲慢，对我不理不睬。姥姥看在眼里，便说：“春雪，冬冬哥哥可喜欢你了，为什么不跟他玩儿？”春雪说：“哼，他想把人变成猫。多恶心啊。他还说姥爷是那只老山羊呢。”我急忙躲一边去了，一晚上都闷闷不乐的。

第二天，发生了一件奇妙的事，又让我和春雪的关系和好如初。早饭过后，我一个人在院子里转来转去，还在为昨天的事郁闷着。春雪真让人捉摸不透，我不想跟她玩儿了。我正准备去找树墩玩儿，却猛地看到一团灰色的东西从马厩里闪出来，巴掌般大小，毛茸茸的，跟一个小精灵似的。我的心一下子提到嗓子眼。什么东西？我站在那里，眼睛直直地盯着它，一动都不敢动。那个小家伙从门里跑了出来。

我看清楚了，原来是一只小兔子！我高兴地大叫："姥爷、姥姥、妈妈，你们快来看呀！"

我这一嗓子不要紧，屋里的人叽里咕噜都跑了出来。春雪跑在最前面。姥姥有些惊慌失措，边跑边说："冬冬，怎么了？"

我指着马厩的门口说："快看，一只小兔子。"

春雪一下子蹦起来，喊道："看到了看到了，好可爱呀。"说完就跑了过去。

小兔子看到春雪跑过去，扭身钻进门去，不见了。

"姥爷，咋回事？"我急切地问。

姥爷笑了，淡然地说："大兔子生了小兔子，就这么简单。"

原来，姥爷家的两只兔子是散养的，它们生小兔子，只好自己建窝。但姥爷说这实在是他的疏忽，他没想到它们会生出小兔子来。

妈妈说："肯定是知道春雪来了，小兔子憋不住了，才跑出来的。"

春雪一听，心里美滋滋的，大声喊道："小兔子喜欢我。"

姥爷害怕马蹄子踩死小兔子，赶快把枣红马从马厩里牵出来，拴到大门外面去了。我和春雪在马厩里找了半天，也没发现小兔子的影子。我看到那两只大兔子正跟老山羊一块儿吃草料，并且不时地用大眼睛偷看我们一眼。它们肯定是害怕我和春雪发现它们的老窝，抓走它们的小兔子。春雪突然尖叫一声，我寻思她发现了兔子窝，没想到她只是一脚踩到了马粪上。她蹦跶着跑出马厩。姥爷也回来了，朝我们喊道："来，我们得抓紧给小兔子建个窝。"

姥爷带着我和春雪，用了一上午时间，贴着墙角建了一个漂亮的兔子窝。我负责搬砖块，春雪用铁锨给姥爷端泥巴。春雪高兴极了，喊了我好几声哥哥呢。

姥爷说："小兔子肯定不会只有一只的，你们俩猜猜，会是几只？"

春雪说三只。我说五只。姥爷笑着说一会儿就知道了。

建好兔子窝，姥爷带着我和春雪回到马厩里。姥爷只看了几眼，就指着马槽下面说："小兔子就藏在这下面呢。"说完，姥爷走出去，拿着一把铁锨和一个草筐回来。姥爷只挖了几锨，地下就出现了一个大大的洞，洞里面全是灰色的兔毛，兔毛蓬蓬松松的，很暖和的样子。我们仔细一看，里面挤满了可爱的小兔子。我和春雪都激动地大叫起来。

姥爷提着小兔子的两只大耳朵，把它们放进草筐里。一只，两只，三只……我和春雪大声喊着。哇，一共九只。春雪呼呼地跑进屋去，把好消息告诉给姥姥和妈妈。我和姥爷提着草筐，把小兔子放进刚刚建好的窝里。

不过，春雪回来一看，却不愿意了，非得让姥爷把小兔子放出来。

“为什么？”我说，“这里面就是放小兔子的。”

“不，”春雪说，“把小兔子放在里面，它们就找不到妈妈了。”

姥爷一听笑了，说：“雪雪呀，小兔子自己会吃东西了，他们不需要妈妈了。”

“不，”春雪说，“小兔子这么小，怎么会不需要妈妈呢？”

这时候，姥姥端着一个盘子走过来，里面是刚给小兔子和好的食物。姥姥把盘子放进窝里，小兔子们都跑过来，卖力地吃着盘里的食物，那样子可爱极了。

姥爷说：“看看吧，它们自己吃得多好啊。”

没想到，春雪却“哇”一声哭起来，边哭边说：“它们这么小，怎么会不需要妈妈呢?”

姥姥看了我们一眼，露出满脸的苦笑，说道：“真是个小公主。”

小公主春雪在白雾村住了三天，新鲜劲儿一过去，就不愿意了。她吵着嚷着要看电视，可那时候，电视是稀罕物，整个白雾村也没有一台电视机。她便闹意见，不是说这里脏，就是说那里臭，说那个臭茅房里连张纸片都没有。

姥姥烦了，跟姥爷说：“明天就把她送走，赶快送到他奶奶家去。”

春雪不怕姥姥，漂亮的小嘴巴撇了撇，说：“哼，人家早就想走了。”

气得姥姥说不出话来。可是当天晚上，又下了一场不大不小的雪。姥爷指着雪白的院子说：“看看吧，咋走?”春雪嘟着小嘴，不说话。

可是，第二天早上，春雪连饭都不吃了。妈妈劝了半天，她还是不吃。

姥姥说："雪雪，不吃饭可不行。你跟姥姥说，想吃啥，姥姥给你做，好不好?"

春雪说："我要吃的东西，你才不给我做呢。"

姥姥说："你说吧，姥姥保准给你做。"

春雪拿起一只碗便走出门去，一会儿，就端着一个雪球回到屋里，说："我想吃蒸雪，你给我做吧。"说完，便扭身坐在板凳上，谁都不看。

蒸雪！我差点把嘴里的饭喷出来。

姥姥可傻了眼。看看正在吃饭的姥爷说："快吃，吃完饭，赶紧把小公主送走吧。"

这样的天气，既不能骑自行车，也无法步行。姥爷只好赶着马车，把春雪送到鬲津河那边去了。

不过，"蒸雪"两个字，我恐怕一辈子都忘不了了。

爸爸的故事

金黄色的老虎

我出生在农历腊月，天寒地冻的时节。奶奶说，那年特别冷。镇上有一个人，早晨出去提一桶水，因为没戴手套，结果回到屋里，手指都伸不开了。

我肯定是怕外面太冷，躲在妈妈肚子里，就是不出来。一家子都着急了，爷爷坐在太阳地里，不停地抽烟。奶奶每隔五分钟，就会跑到妈妈跟前去问一遍：有什么感觉没有？妈妈苦笑着摇摇头，一脸的无奈。关键是，已经超出预产期好几天了，所以大家才着急。

爸爸那时候啊，正开着大卡车，给黑龙江那边送一车货。黑龙江知道吧，中国的最北边，好远好远的，一个来回得要半个多月。本来，爸爸说好了不再出门，爷爷奶奶都不同意他去，可这批货要得急，又是老客户，磨不开面子。妈妈了解爸爸的心思，说：“那就去吧，家里你放心，小家伙在我肚子里，可乖了。”爸爸咬咬牙跺跺脚，就开着大卡车去了黑龙江。

按照爸爸的推算，大卡车开到沈阳的时候，我正好来到这个世界上。可事实是，直到大卡车开到了哈尔滨，我也丝毫没有动静。哈尔滨是黑龙江的省会，货物就是运到那里的。那个时候，我舒舒服服地待在妈妈的肚子里，正偷偷地乐呢。我才不愿意出来呢。妈妈肚子里多暖和。这也足以说明，我从在妈妈肚子里，就不是一个听话的孩子。

这可把爸爸急坏了。爸爸本来要在哈尔滨住一晚上的，可一听这种情况，开起大卡车就往回返。路上又遇到了暴风雪，高速公路全部封闭。爸爸只好绕小公路走。

有一天晚上，爸爸又累又困，就把大卡车停在路边，关上车灯，穿着军绿色的棉大衣，趴在方向盘上睡着了。突然，爸爸被一阵“砰砰”的声音惊醒。有人敲车门。爸爸睡得迷迷糊糊的，眼睛没睁开便想打开车门。就在手碰到门把手的那一刻，爸爸猛地睁开眼睛。爸爸想到，深更半夜的谁敲车门？别忘了，这可是在冰天雪地的荒野里啊！东北本来就人烟稀少啊！爸爸这么一想，一身冷汗忽地一下冒了出来。

这时候，敲门声越来越急促，变成了击打声。尽管是深夜，但在白雪的映照下，外面的东西还是能看清楚的。爸爸看到一个像狗熊似的身影正在敲打车门。一开始，爸爸真的以为是一只狗熊呢。可通过后视镜，爸爸又发现有两个黑影在车后面晃悠。爸爸甚至看到了从他们嘴里哈出的热气。

坏了！爸爸想，遇到抢劫的坏人了！爸爸一拧钥匙，便发动了汽车，可能是因为天气太冷吧，汽车“嘎吱嘎吱”响了好几次，都没有打着火。那帮歹徒一听爸爸要发动汽车，就急了眼。他们疯狂地拉拽车门，有一个家伙从怀里抽出铁棍，“哐哐”地砸车窗玻璃。车玻璃先是出现一道道裂纹，接着，“哗啦”一声被捅开了一个窟窿，一根粗粗的铁棍子伸了进来。爸爸一把攥住铁棍，一边跟歹徒搏斗，一边不停地发动汽车。

玻璃上的窟窿越来越大，歹徒们也越来越疯狂，有一个家伙的脑袋突然出现在车窗外面，并猛地伸进一只手，一把抓住了爸爸的棉袄领子。

爸爸愤怒了！

爸爸张开大口，发出山呼海啸一般的吼叫。

汽车也愤怒了，也“嗷嗷”地发出雷鸣般的吼声。

这时候，奇迹发生了。爸爸变成了一只老虎！一只金黄色的老虎！老虎愤怒的吼声把车窗玻璃全都震碎了，树上的雪也一团一团地落下来。这只老虎如同一道火红的闪电，在冰天雪地中奔跑起来。

爸爸变成了一只金黄色的老虎，这可都是真的啊。

上午，爸爸在一家汽车修理站修汽车时，听到了当地的电台广播，说是昨天夜里，当地好多的居民都听到了老虎的吼叫声，记者正在寻找目击者和老虎的踪迹呢。爸爸捧着那只受伤的手，只是轻轻地笑了笑。爸爸的那只手，是在跟那些坏蛋搏斗的时候，被窗玻璃划伤的。

由于一路下雪，爸爸开着大卡车，从哈尔滨回到雾镇，竟然用了十一天半的时间。爸爸走进家门时，奶奶都认不出他了，寻思是一个要饭的疯子呢。奶奶正端着一盆热气腾腾的水，从屋里走出来，一眼看到了蓬头垢面的爸爸，心里就非常生气，心想：怎么进来个要饭的疯子？

爸爸叫了一声妈，奶奶这才认出爸爸来，手里的水盆“砰”一声落在地上。这时候，躲在妈妈肚子里的我，好像听到了爸爸的声音，便急不可待地钻出来，接着就“哇哇”地哭得地动山摇。

爸爸两腿一软，扑通一下子跪在地上。

所以啊，妈妈生我的时候，根本没来得及去医院，就生在了家里。

遍地向日葵

妹妹出生在春天，所以叫春妮。

妹妹出生的时候，我五岁。那几天的事情，我记得特别清楚。妈妈从卫生院回到家里，奶奶不让我进妈妈的房间。那是我的房间，是我睡觉的地方，为什么不让我进去？可是，一向慈眉善目的奶奶，突然变成了童话中的老妖婆，我一靠近门口，她便张牙舞爪朝我扑过来。我非常生气。我躺在地上打滚儿，哇哇大哭。

那几天，爸爸特别高兴，整天乐呵呵的，看到我哭着打滚，就跑过来，说："帅帅，走，爸爸带你去赶集，咱们买天津大麻花吃。"我一听这个，立马不哭了，从地上爬起来，一把攥住爸爸的手，撅着屁股就跟爸爸走。奶奶还朝我急赤白脸的，我抹着眼泪，装作没看见。

爸爸给我买了一根又粗又长的大麻花。我咬一口，又甜又香又脆。我让爸爸尝尝，爸爸笑着摇摇头。爸爸领着我，穿行在熙熙攘攘的人群中。爸爸在一个挑着担子的小贩面前停下来，问："这是什么苗啊？"

"葵花苗。"那人说。

那些一拃长的苗儿细细的，对称的叶儿特别娇嫩，根部是一小团湿湿的泥巴。

"咱们回家种葵花好不好？"爸爸问我。

我嘴里塞满了大麻花，不能说话，只是使劲儿点点头。

爸爸买回来好多葵花苗。贴着院墙，爸爸挖了一排小坑，把一棵棵的葵花苗栽在里面。爸爸栽葵花苗，奶奶做饭，我趁着没人注意，悄悄地钻进妈妈的房间。妈妈躺在床上，闭着眼睛，盖着被子，头上还裹着一条头巾。妈妈听见动静，睁眼一看是我，便龇牙笑了。

“妈妈，你生病了吗？”我怯怯地问。

妈妈笑着摇摇头，挪挪身子，往下拉了拉被子。一张粉嘟嘟的小脸露出来，她闭着眼睛，正睡得香甜。

“你妹妹。”妈妈说。

我很惊讶，张着大嘴，半天没说出话来。

“她叫春妮。”妈妈说。

“她怎么来的？”我问妈妈。我很困惑。

“你爸爸提着篮子，昨天刚从地里捡回来的。”

我点点头，心想：跟我一样啊，奶奶说，我也是从地里捡回来的。我想到了爸爸正在院子里种着的葵花，想到了葵花根部的那团泥巴，似乎稍稍有些明白了。春天嘛，万物都在发芽，野地里肯定会生长出好多好多孩子来的。我有些兴奋，刚想跟妈妈说，我也想去地里捡一个孩子，奶奶突然推门走进来，她跟老鹰抓小鸡似的扑到我身上，拽着我的胳膊便往外走，嘴里还嘟囔着：眨巴眼的工夫你就钻了进来。

让我吃惊的是，爸爸栽种的葵花长得真快，不长时间，就长得跟我一样高了；又过了不长时间，长得比爷爷奶奶都高了。爸爸开大卡车回来时，葵花长得比爸爸都高了。葵花叶子又圆又大，头顶上还长出一个圆圆的像攥着的拳头似的东西。爸爸说，那是葵花脑袋，过几天，就会张开，四周长出金黄色的叶片。它们总是朝着太阳笑，所以也叫向日葵。

果然，盛夏到来的时候，它们都张开了金黄色的笑脸。贴着墙根，一排葵花像整齐的士兵一样，昂着头，朝着太阳，憨态可掬地笑着，笑得热烈灿烂。

妹妹春妮可爱哭了，哭起来没完没了。好多个夜晚，我都是在她哇哇的哭声中睡着的。但是，妹妹白天很少哭，因为妈妈发现了一个秘密，妹妹哭的时候，只要把她抱到葵花前，妹妹一见到葵花，立刻就不哭了，并且，她的眼睛立刻就亮了起来，挥动着小手，小身子一蹿一蹿的，咧开小嘴，脸上露出跟葵花一样的笑。

妈妈把自己的发现告诉了奶奶爷爷，爷爷立刻给妹妹做了一个带遮阳伞的小木车。那年夏天，妹妹躺在小木车里，看着对面盛开的葵花，自己玩得可带劲儿了。

爸爸回来后，看到眼前的一切，觉得很神奇，说：“明年，我把胡同北边的那块地，全部种上葵花。”大家呵呵地笑，都觉得爸爸是说着玩儿的。

那时候，我们家在胡同北边还有一块不小的地，平时，只种一些小麦和玉米。没想到，转过年的春夏之交，收割完小麦以后，爸爸用他的大卡车，拉来了整整一车葵花苗。爷爷忧虑地说：“这个时候了，不晚吗?”爸爸笑呵呵地说：“我问了，不晚。”

那年夏天，当葵花盛开的季节，我们家胡同北边的那一片种满葵花的地，成了雾镇的一道风景。不时地有人过来拍照留念。镇上照相馆里的摄影师，时常领着一对对新人来到这里。新娘披着洁白的婚纱，被一团团金黄色的葵花包围着，显得更加美丽。新郎呢，会把五颜六色的糖果放在妹妹面前，并且朝着妈妈或奶奶说上一大堆的客气话。

最高兴的当然是妹妹，那时候她刚学会走路和说一些简单的话。她吃着糖果，指着新郎新娘又蹦又跳，兴奋得不得了。

没人的时候，妹妹就指着大片的葵花，嘴里喊：爸爸。

妈妈说：“爸爸不在葵花地里。”

妹妹摇头，把头摇得像拨浪鼓似的。

妈妈说：“爸爸是葵花，对不对？”

妹妹就点头。

妈妈说：“爸爸变成了葵花，爸爸变成了金色的葵花，对不对？”

妹妹就哈哈地笑了，笑弯了腰，然后，直起身子，又指着葵花喊：爸爸。

黑色巨鱼

我从小喜欢鱼，喜欢看别人捉鱼。

奶奶说，跟你爸爸一模一样。奶奶说，你爸爸小时候，镇子周围水特别多，他整天待在河里湾里捉鱼，捉来的鱼都吃不了。

奶奶说这话，是在我四岁那年的夏天，爸爸正开着大卡车在去东北的路上。我一边听着奶奶说，一边看着墙上挂着的爸爸和妈妈的合影。爸爸笑得像葵花，妈妈也笑得像葵花。我一点儿也看不出爸爸会捉鱼的样子。当然，我也想象不出爸爸小时候的模样。爸爸有几张照片，是穿着军装照的。穿着军装的爸爸好年轻，有一张孩子似的脸，笑得很灿烂。所以我总觉得，爸爸小时候的模样，就是穿着军装的模样。

那年夏天的一个上午，趁着大人不注意，我跑到胡同北边。那时候，胡同北边的大坑里还有不少水。有三个少年，正在大坑里捉鱼。他们用的是那种拉网，长长的，一人多高，一边绑着一根竹竿。两个少年一人一边，两手攥着竹竿，蹚着水向前拉，从这边岸上拉到那边岸上，再从那边岸上拉到这边岸上。一到岸边，网里就会有一些鲫鱼、鲢鱼上蹿下跳，阳光下，鱼的身子闪着一道道白光。然后，两个少年节奏一致地一抖胳膊，网里的鱼和水草便被抖到了岸上。岸边上提桶的少年便跑过去，高兴得哇哇大叫。

看到那些活蹦乱跳的鱼，我也高兴得手舞足蹈，跟在提桶少年的身后，看他把鱼一条条抓进桶里。他一边抓着鱼，还一边逗我玩儿。他把攥着鱼的手伸到我嘴边，装出要把鱼塞进我嘴里的样子。我闻到一股刺鼻的鱼腥味儿，然后咯咯笑着跑开了。

我坐在岸边看他们捉鱼，看得如醉如痴。后来，他们离开大坑，来到一条小河沟里。他们竟然在小河沟里抓到一只大螃蟹，这让我感到无比惊讶。然后，他们沿着小河沟，向北边走去。我也跟着他们一路向北。我根本停不下脚步，眼里只有这三个少年和他们桶里的鱼。他们吸引着我，穿过长长的小河沟，来到一片更大的水边。

他们开始在这片水里捉起鱼来。烈日当空，他们三个脱得光溜溜的，黝黑的身子泛着光泽，如同三条小泥鳅似的，在水里钻来钻去。我羡慕得不行，恨不得也扒光衣服，跟他们一样在水里钻来钻去，可我不敢。我太小了，只有四岁。天气越来越热，脸上身上全是汗。我看到岸边上有一棵柳树。我爬上一个陡坡，坐在柳树下面，看他们捉鱼。

实际上，我已经意识到，这片水周围，全是玉米地和豆子地。除了三个少年的嬉闹声，就是蝉的叫声，偶尔，会有一群麻雀，叽叽喳喳的，飞起来又落下。村庄早已经看不到了，我知道。因为有三个捉鱼的少年，我根本就没有害怕。也可能我太小了，根本不懂得害怕。

我哪里知道，这个时候，全家人都在找我，找翻了天。奶奶跑到胡同北边，站在大坑边上不停地喊我的名字。爷爷跑到老鲁爷爷家，因为他带我去过几趟老鲁爷爷家，以为我自己跑过去玩儿了。可是老鲁爷爷家哪有啊。老鲁爷爷一听，顶着火热的日头，也跑出来和他们一块儿找我。妈妈从她干活的地方跑回家，一看这架势，吓得直掉眼泪。已经过了吃午饭的时间，一帮人还沿着大街小巷跑来跑去，把整个雾镇都找了个遍。

妈妈哭着说："会不会让人家抱走了？"

谁都不搭理妈妈的话。这事儿可不好说，那些年，拐卖儿童的事儿时有发生。

后来，还是奶奶听到别人说，上午的时候，有人看见几个孩子在胡同北边大坑里捉鱼呢。奶奶一下子想起来，我最喜欢看人家捉鱼了。于是奶奶说："帅帅肯定是跟着那几个孩子看捉鱼去了。"

大伙这才调整思路，沿着北边大坑旁边的小河沟，一路向北找来。

再说说我吧，坐在柳树下，又热又渴，靠着树干，听着那三个少年的嬉笑声，竟然打了个盹儿。再睁开眼，发现天变暗了，太阳镶上了一层金边儿，蝉声也细了，那三个少年也没了踪影。我抹了把嘴角上的口水，站起身，来到水边。那三个少年的水桶和衣服也都没有了。他们走了，也不叫我一声。我皱着眉头，看到远处的水面上好像有两只野鸭子漂来荡去的。我一低头，竟然看到一条大鱼，正在岸边的水草丛里游动着，大嘴一张一张的，两条长长的须子是金黄色的。我又惊又喜，多么可爱的一条大鱼啊！我禁不住把脚伸进水里，想弯腰去够它。水温乎乎的，弄得我脚丫好痒痒。可能是我惊到了大鱼，大鱼一扭头，朝水中游去。我一着急，整个身子也陷入水中。我紧紧地追着那条大鱼，朝水里走……

突然，我脚下一滑，水一下子没过了头顶。脚底下除了水，啥都没有了。我接连被呛了几口水，身子不停地向下沉。我吓坏了，这时候才想到爷爷奶奶和妈妈。可是我哭都来不及了。就在这时候，一个巨大的黑家伙，像一条小船似的，朝我游过来，它钻到我身子底下，一下子把我托起来。我又看到了太阳，镶着金边的太阳。我低头一看，原来是一条超大的鱼，就像家里的门板那么长。我坐在上面，舒服极了。这条黑色巨鱼驮着我向岸边游去。我盯着像盘子那么大的鱼鳞，不敢相信自己的眼睛。突然，我听见黑色巨鱼哈哈地笑了两声。黑色巨鱼的笑声怎么这么熟悉呢？我仔细一看，黑色巨鱼正好也扭过头来看我。

哇，我禁不住大声叫起来，黑色巨鱼原来是爸爸！爸爸正朝着我笑呢。是爸爸变成了黑色巨鱼，把我从水里驮到岸上。我伸手摸摸盘子大小的“鱼鳞”，果然跟爸爸的皮肤一样光滑……

我正沉浸在幸福之中，却被周围的嘈杂声弄醒了。睁开眼，看到自己正趴在妈妈的怀里。好多人的眼睛正盯着我。

我笑了，跟妈妈说：“爸爸回来了。”

妈妈的眼睛红红的，听我这么一说，也禁不住笑了，说：“你这孩子，睡蒙了，净说冒话。”

这一次，我可没有说冒话。大伙抱着我回到家，正好看到爸爸从大卡车上跳下来。所有的人都惊呆了。看到爸爸从妈妈怀里把我抱过去，大伙都忘了说话。

爸爸乐呵呵地说：“东北那边暴雨成灾，发洪水呢。这不，我就像条大鱼似的，又游了回来。”

这个季节，发洪水没什么大惊小怪的。大伙奇怪的是，爸爸回来，我怎么知道呢？当然，我是不会把这个梦告诉任何人的，包括爸爸。